神童セフィリアの下剋上プログラム

IV

足高たかみ
イラスト◆椋本夏夜

TOブックス

イラスト／椋本夏夜
デザイン／木村デザイン・ラボ

登場人物紹介

セフィリア

元OLプログラマー。過労死を切っ掛けに転生して、今では最強幼女魔術師に。

マーシア

見た目は中学生だが、セフィリアとログナの母親。合法ロリ子ちゃん。

ネルヴィア

公爵家の落ちこぼれ令嬢だったが、セフィリアに騎士に登用された。

レジィ

獣人族の少年。自分を圧倒的なパワーで泣かせたセフィリアを主人と崇める。

ログナ

セフィリアの兄。父親に頼まれ、セフィリアを守ると心に誓った。

ルローラ
他者の心を読むことができるエルフ。魔力の消費によって、年齢が若返る。

ケイリス
セフィリアの専属執事。整然としているように見えるがセフィリアにはデレデレ。

マグカルオ
帝国軍の魔術師の頂点である『魔導師』の1人。怒ると怖いオカマ。

ヴェルハザード
ヴェリシオン帝国の皇帝。セフィリアを高く評価している。

ルルー
『魔導師』の1人。いつも不愉快そうな表情だが、実は世話焼き好き。

リュミーフォート
『魔導師』の1人。ただでさえ強いのに、鍛冶師としても優秀。

クルセア
騎士修道会の最高指導者。いつも微笑んでいるがその裏でかなり計算高い。

ボズラー
帝国軍の魔術師。立候補した御前試合でセフィリアに敗北した。

第一章　一歳五ヶ月　教師と面接と新たな任務

エルフ族の問題児・リルルの謀略《ぼうりゃく》によって呪いの首輪を嵌《は》められた私が、魔法を取り戻す旅に出たのが二ヶ月とちょっと前。一ヶ月以上にも及ぶ長旅から帰ってきて、今日で三週間ほどが経っていました。

帝都に戻った私は、ヴェルハザード陛下に長旅を労われ、しばらくの休暇を頂いていました。聞くところによると、どうやら私が共和国の首都で派手に暴れたせいで、魔族たちの間で『人族ヤベェ』という風潮が広まったらしく、戦線が一時的に鎮静化しているのだとか。

まぁ元々私の任務は帝都の防衛ですから、魔族の侵攻が無ければほとんど仕事なんてないわけで、休暇なんて有って無いようなものですけどね。

そんなわけで私はこの三週間、ネルヴィアさんのためにとあるアイテムを設計したり、レジィといっぱい遊んであげたり、ケイリスくんのために魔導家電シリーズを造ってあげたり、無事帝都に連れ込むことができたルローラちゃんに、帝都を案内してあげたりといろいろしていました。

前世の私は仕事しかしていなかった時期が長かったので、『働かない』をモットーに生きていても、仕事が無いというのはなかなか落ち着かないものでした。私は仮にも軍人なので、仕事が無いのは良いことなんですけどね。

しかし休暇を終えた私は本日、ベオラント城へ呼び出しを受けていました。

いつものようにネルヴィアさんに抱っこされながらお城の前まで運んでもらって、そこからは私一人で歩いていきます。かつては苦労したお城の階段も、体重減算の魔法がある今となってはさしたる脅威《きょうい》でもありません。

ぴょんぴょんと階段を軽やかに飛び越えると、私はすぐに目的の部屋の前へと辿り着きました。

「へいか、セフィリアです。よろしいですか？」

私が扉をノックしながら声をかけると、室内から厳かな声色《こわいろ》で「ああ。入れ」と聞こえてきます。

それと同時に、目の前の扉が勝手にガチャリと開くと、内側に向かってゆっくりと開きました。見るとそこには、赤みがかった金髪と端整な顔立ちを備えた青年が立っています。

「あれ、ボズラーさん？」

「おら、さっさと入れ」

ボズラーさんは綺麗な青い瞳を細めると、キザっぽい仕草で髪をかき上げました。

いつぞやの御前試合で私と戦った彼は、魔法で吹き飛ばされて湖を縦断するという憂き目に遭って負傷。全治四ヶ月を言い渡されて、最近までずっと入院していたのです。

さすがに申し訳ないと思った私は、何度か彼の病室にお見舞いに行ったりしていました。最初はかなり警戒されたり追い返されたりしていましたが、今ではそこそこ話をしてくれる程度には気を許してくれています。

でも、どうしてボズラーさんがここに？　今日のお話に、ボズラーさんも関係あるのでしょうか？

私はとりあえずボズラーさんが開けてくれた扉から室内に入ると、執務机に腰掛けていた黒髪の青年、ヴェルハザード皇帝陛下に跪《ひざまず》きました。

「『逆鱗《シャータン》』のセフィリア。さんじょうしました」

私の名乗りを聞いて、陛下は「む……」と小さく声を漏らしました。以前は私がこの二つ名を名乗るのを断固拒否していたため、まだ慣れないのでしょうか？

当初私はこの二つ名に〝荒れ狂う激怒〟みたいな意味しかないと思っていたのですが、じつはこの二つ名には陛下が私を守ろうとする意図があったこと、そして勇者教の伝説の中で、シャータンドラゴンは理由もなく暴虐《ぼうぎゃく》の限りを尽くすようなドラゴンではなかったということを知ってからは、認識を改めたのです。

陛下はなんだか照れくさそうに、咳払《せきばら》いを一つしました。

「早速本題に入るとしよう。貴様に与える新たな任務についてだ」

……新たな任務？

私が目を丸くして首を傾げると、陛下は狼のように鋭い黄金の瞳で私を射抜きました。

「セフィリア……貴様には、魔術師の育成を行ってもらう」

えっ⁉　魔術師の育成⁉　なにそれ！　なんで⁉

いえ、前線送りとかじゃなければ万々歳ではあるんですけど……もしかして戦場の最前線で魔術師として戦うことで、他の魔術師に戦い方を教えてやれとか言うんじゃありませんよね⁉

「あの……それって、どこで……？」

「基本的に場所は指定しない。貴様が最適と思う場所で構わん。それこそ、貴様に与えた屋敷や、アルヒー村でもな」

ええーっ⁉　ま、まじですか⁉　じゃあ完璧に安全な環境で、生徒にじっくり魔法を教えてあげればいいんですか？　なにそれ天国じゃないですか！

こちとら前世では、文字通り死ぬほどの激務を抱えながら新人教育も平行してこなしてたんですよ？　教育だけに専念できるとかチョロすぎですよ！

あっ……でも社会人として、絶対に聞いておかなければならないことがあります。

「えっと、いつまでに？」

「教育の期限も特に定めてはいない。というより、現状魔術師の育成は非常に困難を極めている。実戦レベルの魔法を多彩に使いこなす魔術師というのがそもそも圧倒的に少ないのでな」

うーん、そういえばボズラーさんも、風魔法が得意とか言いながら、そんなに大した威力じゃありませんでしたしね。

私がボズラーさんを横目で盗み見ると、彼は「……なんだよ」と目を細めました。べっつにー？

あれ？　そういえば……。

「あの、『まどうし』になるじょうけんって……」

「うむ。魔術師を育成することができ、かつ実績のある魔術師を、魔導師と定めている」

「……ということは」

「そうだ。貴様は実績も十分すぎることだし、この任務で一定以上の成果を残せば、貴様を正式に『魔導師』として認定するつもりだ」

おおっ!! ついに私が四人目の魔導師様に!?

いえ、まぁ私の当初の目的からすれば今の地位でも十分すぎるくらいなのですが、それでも爵位《しゃくい》の中で最上位である公爵位を持っていれば、何かと便利なことも多いはずです。なによりお母さんが超喜びそうですしね。絶対一ヶ月くらいは会う人みんなに自慢しますよ。

「ちなみに、それがおわったら……?」

「この任務が終わったら……というより、この任務の間も継続して、帝都防衛に専念してもらう。貴様の教育や指導能力が優れていれば、引き続き帝都で魔術師の育成に携《たずさ》わってもらうことになるだろう」

つまり、立派な魔術師を育てられれば、私は帝都で魔法の先生としてずっと引き籠《こも》っていられるってことですか!?

え、なんで急にそんな美味しい話が持ちかけられるんですか!? 何かの罠《わな》!? 何を企んでるんですか陛下! くっそぅ、心が読めるルローラちゃんについてきてもらえば良かった!

う～ん……働きたくはないですけど、生徒さんには基礎さえ教えちゃえば、あとは勝手に研究してもらえばいいし、そしたら私はほとんど関わらなくて済むはずです。

なんせ前世で私が受けた新人研修なんて、ボロボロなテキストをポンと渡されて「ま、わかんなかったらテキトーにググって」でしたからね。現実なんてそんなもんですよ。

つまり一度テキストを作成してしまえば、それを何年も使いまわしてしまえばいいわけです。なんてチョロ素晴らしい！

……あ、でもそれだと教えるのが私じゃなくても良くなっちゃうのか……じゃあテキストは「秘伝のタレ」みたいに隠しておかないと。企業秘密は大事。

ほとんどの面において、この任務は私にとって都合の良すぎるものでした。ただし、どうしても私にとって譲れない一線は提示しておく必要があります。

「へいか。ふたつだけ、やくそくしてくれますか？」

「なんだ？」

「ひとつは、おしえるひとは、わたしがじぶんでえらぶということ。もうひとつは、わたしのそだてたまじゅつしにころしはさせないということです」

魔法というのは、形のない兵器のようなものです。しかも不思議なもので、〝簡単な魔法ほど殺傷能力が高い〟という特性があります。

わざわざ長ったらしく呪文を構築しなくたって、物質量をゼロにして消滅させてしまえばどんな生物だって即死させることができます。それこそ、共和国であれだけ私たちが手こずったドラゴンでさえも、今の私なら一秒あれば殺してしまえるでしょう。

まぁ、普通の魔術師にとってはそう簡単な話ではないのでしょうが……それでも危険な力には違いありません。

すぐ頭に血がのぼる私が言えたことではありませんが、こんな凶悪な力が身体検査にも引っかからないとなれば、それが敵に回った時には恐ろしい惨劇《さんげき》が引き起こされることでしょう。

だからこそ魔法を教える相手は生い立ちや人柄を吟味《ぎんみ》して、慎重に選ばなければなりません。

そして私はお兄ちゃんと、魔法で人は殺さないと約束しています。

厳密に言えばその約束に抵触はしないのですが、それでも私が教えた魔法で誰かの命が奪われるのは気分の良いものではありません。

たとえ間接的にであっても命は奪いたくありませんし、私の教育によって普通の人間を殺戮兵器にしてしまいたくはありません。だから私の育てた魔術師には戦争に参加してほしくありませんし、最悪でも後方支援に留めてほしいのです。

と、そういった私の思いなど最初からわかりきっていたかのように、ヴェルハザード陛下は薄く笑いながら頷《うなず》いて、

「貴様ならばそう言うと思っていた。案ずるな、悪いようにはしない。その二つの約束、必ず守ると誓おう」

「へぃか……」

「じつは既に魔術師候補は何人か見繕《みつくろ》っている。その中から、貴様が適当だと思う者を一人以上選ぶが良い」

なるほど。まぁさすがに街中を歩いている人にいきなり魔術師になれなんて言えるわけありませんし、あらかじめ募集をかけていたのでしょう。

私の事情や人柄を知っている陛下の人選なら不安はありません。この狼のような皇帝陛下はドSですけど、信頼できる良い人ですからね。

「そう遠くないうちに希望者を集め、面接を行うとしよう。選定方法や基準、それから教育開始の日程などはすべて貴様に一任する」

「ありがとうございますっ！」

何から何まで私に裁量権をくださるなんて……そんなに私を信用しちゃって大丈夫なんでしょうか？　いいえ、その信頼に応えてやるぞって意気込みじゃないと！　よぉし、頑張るぞ！

……あれ？

「あの、ところで……どうしてボズラーさんが、ここに？」

ここまで全く私たちの話に参加せずに、私の斜め後ろで突っ立っているだけのボズラーさんを振り返ります。すると陛下は「うむ、そのことだが……」と前置きして、

「今回の任務には、そのボズラーを貴様の目付け役とすることにした。教育を行う場所はどこでも構わないと言ったが、どこで行うにしても漏れなくボズラーがついてくるものだと理解せよ」

「えぇぇーっ⁉」

私は叫びながらも、ボズラーさんに非難がましい視線を送ります。

どこにでもついてくるってことは、もし私の屋敷を教室にしちゃったら、ボズラーさんがずっと私の家に常駐《じょうちゅう》しちゃうってこと⁉　そんなのヤダー！　絶対落ち着かないもん！

「セフィリア。貴様は何かと余の想定外の行動をするからな。今回、病み上がりでしばらく戦線復帰ができないボズラーに監視させることにしたのだ」

「そ、それならほかのひとでも……たとえば、ケイリスくんとか」

「セルラードの奴に聞いたが、今のケイリスは貴様に対して非常に好意的だそうではないか。貴様の他の仲間もそうだが、あまり貴様に好意的な者では監視役としては不適格だろう」

うぅ……反論の余地がない……！

それに多分、私の教育風景をボズラーさんに見させて、あわよくばボズラーさんのスキルアップとかも狙ってるんだろうなぁ。だとすればここでゴネても心証を悪くさせるだけか。

むぅ、仕方ないなぁ。まぁボズラーさんのこと嫌いってわけじゃありませんし、彼はプライドが高いだけで基本的には善良な人柄です。

実質無期限で帝都にいられるという最高の機会を得たんですから、多少のことは我慢しましょう。

「わかりました。このにんむ、わたしにおまかせください」

「うむ。期待しているぞ」

私は陛下に深々と一礼すると、陛下の執務室を後にしました。

私に続いて部屋を後にしたボズラーさんを伴ってしばらく廊下を歩いていると、階段の前に来たところでボズラーさんがいきなり私の身体を抱え上げました。

「ひゃっ!?　……な、なに？」

「あ？　階段がキツイとか言ってなかったか？」

あ、あぁ……。そういえば以前、このベオラント城の階段を登るのがつらくって、ボズラーさんにお願いして運んでもらったことがありましたっけ。

今は体重減算の魔法を使えるので、正直ぜんぜんつらくはないのですが……せっかくの親切ですし、お言葉に甘えちゃいましょう。

「あ、ありがと……」

「ん」

ボズラーさんは私の顔を見もせずに、整った顔立ちを仏頂面にして、黙々と階段を下っていきました。

うーん、基本的には良い人なんですよねぇ。時々ちょっと子供っぽいところはありますけど。

やっぱり感情に任せて吹っ飛ばすなんて、悪いことしちゃったよなぁ……。

「ボズラーさん。ごぜんじあいでは、ごめんね？」

「ばーか、べつに気にしてねぇよ。それに次は負けねぇ」

そう言って、ボズラーさんは私のおでこを〝ぴんっ〟と弾きました。いてっ。

何度かお見舞いに行ったり、プラザトス土産を快気祝いに届けに行ったりしているうちに、ちょっとは溜飲《りゅういん》が下がったのでしょうか？

＊＊＊

それから私たちは、今回の任務について軽く意見交換をしながらベオラント城を後にし

ました。

……しかしその後、うっかり私を抱えたままベオラント城を出てしまったボズラーさんは、外で待っていたネルヴィアさんの突き刺すような嫉妬の視線を頂戴することになってしまいました。

な、なんかごめん、ボズラーさん……。

＊＊＊

陛下のお話によると、今回私に師事《しじ》したいなどと申し出てきた物好きな希望者は四人とのことです。まぁ、ただでさえ一般の人にとって魔術師っていうのは超エリート……前世の日本で言ったら医者や弁護士みたいな職業ですからね。いきなり募集をかけられたって、素人がおいそれと冒険気分で飛び込んでいける業界じゃありません。しかも軍人ですし。

それに加えて、教師がこの〝逆鱗卿《げきりんきょう》〟となってはハードルが高すぎるというものでしょう。むしろ、よくもまぁ四人も希望者が集まったものだと感心してしまうくらいです。

というわけで、その四人を私が面接して、魔法を教えても大丈夫だと判断した人を弟子として取ることになるわけです。

面接場所は、逆鱗邸の談話室。そこで私とボズラーさんが腰掛けて待つところへ、保護者同伴の魔術師志願者がやってくる運びとなっています。

わぁ～、前世では人事に関わったことなんてないから、面接官なんて初体験です。どきどき。

「それでは、さいしょのかた、どうぞ～」

私が扉の外へ呼びかけると、ご丁寧にも扉がノックされてからゆっくりと開きました。

扉の向こうから姿を現したのは、セミロングの明るい茶髪をした可愛らしい女の子でした。見た目は小学校高学年か、あるいは中学生くらい。見覚えのある修道服に身を包んだ姿から、彼女がアイン聖教の修道士であることが窺《うかが》えます。

彼女はなぜか私の顔を見た瞬間、なんと言えばいいのか……恍惚《こうこつ》といった感じの、どうしようもなく嬉しそうな表情になりました。……なんで？

そして、その少女の背後から現れた保護者というのが……。

「失礼いたします。ご無沙汰しております、勇者様」
ク、クルセア司教⁉
女性的な体つきを修道服で覆い、金髪を短く切りそろえた若い女性。

騎士修道会強硬派《タカ》『明星の百合園《あけぼしのゆりぞの》』の最高指導者にして、現在では穏健派《ハト》の『待ちわびぬ久遠の宿』の最高指導者も兼任する、騎士修道会における実質の最高権力者……クルセア・リリーダ・ズスタック司教です。

今日は教会部外者のボズラーさんがいるためか、普段のおっとりぽわぽわした口調は引っ込めて、指導者然とした威厳のある口調でした。

ご無沙汰してるって言ったって、イースベルク共和国への旅から帰ってきてからもクルセア司教のところには顔を見せに行っているので、そんなに久しぶりって感じはしませんけども。

とはいえ普通の人はなかなか接点のない権力者であることには違いないわけで、私は隣に座るボズラーさんの表情を盗み見ると、彼はあんぐりと口を開けて驚愕《きょうがく》を露わにしていました。

女の子を引き連れたクルセア司教が私たちの対面に移動してきたので、私は「おかけください」と促《うなが》して彼女たちをソファへ着席させます。

そして私が、恐らくは今回の参加希望者であろう少女に目を向けると同時に……なぜかクルセア司教が、

「この子は最近帝都に越してきた修道士で、名前をリスタレット・プリスタッシュと申します」

え、ああ、そうですか。自己紹介は本人にしてほしかったんですけど……。

クルセア司教に紹介された少女・リスタレットちゃんは、なぜかずっと私の顔を、瞬《まばた》きすらせずにひたすらジーっと見つめ続けていました。この部屋に入ってからずっとなので、もしかして私の隣にボズラーさんがいることにすら気が付いてないんじゃないでしょうか？

え、えっと、緊張してるのかな……？

私はリスタレットちゃんと目を合わせながら質問をします。

「ではプリスタッシュさん。あなたはどうして、まじゅつしになりたいんですか？」

「彼女はあまり荒事《あらごと》には向かない性質なのですが、それでも人族の危機に際して帝国のお役に立ちたいと考え、魔術師を志願しているのです」

思いっきりリスタレットちゃんに向けた質問だったのに、またもクルセア司教が代わりに答えてしまいました。

「……えっと……じゃあ、まじゅつしになれるなら、どんなまほうをつかいたいですか？プリスタッシュさん」

「彼女は勇者様の『敵を殺さずに無力化する』という姿勢に強く感動を示しておりまして……」

「ちょ、ちょっとまって！　なんでさっきから、クルセアしきょうがぜんぶこたえちゃうんですか⁉　わたし、プリスタッシュさんにしつもんしてるんですけど‼」

私はついに我慢しきれずに口を挟んでしまいました。

そしてそんな私の言葉を受けたクルセア司教は悪びれもせずに、

「申し訳ございません。どうにも彼女は口下手でして、彼女の人柄が誤解なく勇者様に伝わるものか不安なのです。この子は昔から誤解されやすいことで悩んでおりますので、私が彼女の言葉を代弁させていただいております」

な、なんかクルセア司教がニコニコしながらそれっぽいこと言ってるけど、すっごい胡《う》散臭《さんくさ》い……。私はリスタレットちゃんがどんな人物かを知りたいのに、それをクルセア司教が全部代弁しちゃったら、口下手だという彼女が喋るよりもさらに彼女のことがわからなくなってしまいます。

な、なんとかしてリスタレットちゃんに喋ってもらわないと。

「あの、プリスタッシュさん？　あなたのゆめはなんですか？」

「彼女の夢は、やはり勇者様のお役に……」

「クルセアしきょう⁉　おねがいですからちょっとだまっててもらっていいですか⁉」

とまぁ、リスタレットちゃんとの面接は終始こんな感じで、彼女が喋るべき内容をすべてクルセア司教が代弁してしまいました。おかげでリスタレットちゃんに関する情報は数多く手に入りましたが、リスタレットちゃんの人柄とか性格は、まったくわからずじまいです……。

結局そうこうしているうちに時間が来てしまい、私が最後に「……ではさいごに、しつもんはありますか……？」と聞くと、当たり前みたいな顔をしてクルセア司教が挙手しました。もう好きにしてください。

私に「……どうぞ」と促されたクルセア司教は、にっこりと微笑んだまま、

「以前、道の真ん中で勇者様が泥をぶつけられたことは記憶に新しいですね」

「え……？　は、はぁ……」

え、何？　いきなり何ですか？　質問は？

「思えば勇者様が正式に『勇者』という立場となったきっかけも、あの一件から端《たん》を発したわけです。あれがあったからこそ、今や勇者様は帝都において絶大な人気を誇り、盤《ばん》石《じゃく》の地位を確保していると言っても過言ではありません。私も騎士修道会の一員として、その記念すべき素晴らしい瞬間に立ち会い、そして協力できたことを嬉しく思います」

………………。

えっ、これってもしかして「あの時協力してやったんだから借りを返せや」って言ってますか!?

ちょ、ええっ⁉　そんな堂々と言ってきますか⁉　コネ入学ってレベルじゃねぇ！　それはちょっと力ずくにも程があるでしょうに⁉

人を操ることが得意だったリルルでさえ操れなかったクルセア司教が、そこまでして私に押し付けようとしてくるリスタレットちゃんって何者なんですか⁉　超怖いんですけど‼

しかもそんな非合法ギリギリみたいな、限りなく黒に近いグレーな手段を使ってくるってことは、この子が普通に面接したら間違いなく落とされるって確信してるからですよね⁉　やだやだ！　絶対弟子に取りたくないっ‼

だって私に演技指導を施して勇者に仕立てあげてみせたこともあるクルセア司教が、リスタレットちゃんには『もう一切喋らず座ってろ』と指示を出して強引に黙らせてるんですよね⁉　あなた全然この子を制御できてないじゃないですか！　そんな子を私に押し付けないでくださいよー‼

しかし青ざめる私に対して、クルセア司教はにっこりと柔らかく微笑んだまま、意味深な視線を私に向けてきています。

私は助けを求めるように隣のボズラーさんに目を向けますが、彼はクルセア司教が仕掛けてきた半分脅迫じみたアプローチには気が付いていないようでした。使えない！

私は悩んだ末に、思いっきり視線を泳がせながら「そ、そのせつは、どうも……」とだけ呟《つぶや》きます。クルセア司教は「いえいえ、勇者様のお役に立てたこと、光栄に思います」とか恩着せがましい追撃を仕掛けてきました。逃げ場がなーい!!

その後、私は面接終了を告げて、クルセア司教とリスタレットちゃんをなんとか部屋から追い出しました。私はドッと疲れてソファに横たわると、口から出ていっちゃいそうな魂を辛うじて肉体に繋ぎ留めます……。

やだぁ～……あの子絶対採りたくなーい……。

しかし現実は非情です。もしもあれだけ猛プッシュされたリスタレットちゃんを不合格にしようものなら、クルセア司教にあとで何を言われるかわかったものではありません。あの人は、帝都において敵に回しちゃいけない人ランキングの上位に食い込む女性なのです。

それに私がお世話になったというのも本当ですし、彼女が助けてくれなかったら私は今も帝都中から敵視されていたかもしれませんし、リルルの謀略も上手くいって、私は帝都から追い出されていたかもしれません。

……クルセア司教のことは普通に好きだし、これくらいの『お願い』は聞いてあげたいところですけど……でもなんか怖い! 〝見えてる地雷〟どころか、地雷に可愛らしいデコレーションまで施されて「さぁ、踏んでどうぞ★」とでも言われているかのような状況！

一気にげっそりしちゃった私に、ボズラーさんが「なぁ、今の……」と何かを言いかけたところで、続いて入り口の扉がコンコンとノックされる音が響きました。

ぎゃー！　ケイリスくん、もう次の人を案内しちゃったの⁉

私は慌てて姿勢を正して「ど、どうぞ！」と上擦った声を発すると、扉がゆっくりと開いて、その隙間《すきま》からちょこんと可愛らしい顔が覗きました。

「あれ……？　もしかして、メルシアくん？」

私が思わず訊ねると、扉から半分だけ顔を出していた小学校低学年くらいの少年は、パッと表情を明るくさせて室内に足を踏み入れました。柔らかそうなふわふわとした銀髪に、人懐っこそうなクリッとした青い瞳。

色白で線が細く、触れたら壊れてしまいそうな儚さを感じさせるその少年は、目を丸くする私と、それから私の隣に座るボズラーさんを見ると、安心したように〝ふにゃっ〟と表情を綻《ほころ》ばせました。

「えへへ……覚えててくれたんですねっ、セフィリア様！」

「うん、もちろん！」

私はチラリとボズラーさんに視線を向けると、彼はおもむろに立ち上がってテーブルを回り込み、ちょこちょこと歩いてきたメルシアくんと一緒に並んで、私の対面に腰を下ろしました。

まぁ、そりゃそうでしょうね……何せメルシアくんの保護者は、ボズラーさんなのですから。

「えっと、あらためて自己紹介しますね。ぼくは〝メルシア・トロンスター〟。騎士修道会で、修道士をやってます。あと、いつも兄がお世話になってます」

ご丁寧にぺこりと頭を下げたメルシアくんに、ボズラーさんは不機嫌そうな表情で「べつに世話にはなってねぇよ」とぼやきました。

……そう、このメルシアくんこそ、このボズラーさんの唯一の肉親にして、実の弟なのです。

そんなメルシアくんと私がなぜ面識があるのかと言うと、それは以前、私がボズラーさんの病室に何度か足を運んだ際、兄のお見舞いに来ていたメルシアくんと偶然鉢合わせたことがあったためです。

ボズラーさんを病院送りにした張本人である私は非常に気まずい思いをしながら挨拶《あいさつ》をしたのですが、そんな私にメルシアくんは気を悪くするでもなく、笑顔で挨拶をしてくれました。

思えばボズラーさんの私に対する態度が軟化したのも、その頃からだったように思います。もしかしてメルシアくんがお兄さんに口添えでもしてくれたのでしょうか？

メルシアくんはちょっと前のめりになるような勢いで、

「ぼく、お兄ちゃんに教わって、ちょっとだけなら魔法も使えます！　……ほ、ほんとに、ちょっとだけですけど……」

途中から勢いが失速して、後半は消え入りそうな声色でしたが……しかし彼の言葉に、私はとても驚きました。

まだ小学校低学年ほどの年齢で、少しとはいえ魔法を使えるとは大したものです。私の知る限り、転生者である私や年齢操作されたクリヲトちゃんなどの例外を除けば、最年少の魔術師であると言えましょう。

まぁ、現時点では本人の言うように、使える魔法の効果も微々たるものなのでしょう。

メルシアくんが男爵位を叙爵《じょしゃく》したという話は聞きませんからね。

しかし基本がある程度できているとなれば、伸びしろも十分に期待できます。何度かプライベートでお話もしているのでメルシアくんの素直で温厚な人柄も知っていますし、才能も十分。言うことなしですね。

一つだけ気がかりなことと言えば……。

「メルシアくんがまじゅつしになるのは、ボズラーさんとしてはいいの？」

「本人がなりたいって言ってんだ、好きにさせるさ」

ぶっきらぼうにそう言い放ったボズラーさんですが、しかし彼らの兄弟仲は決して悪くありません。むしろかなり良好なくらいです。二人がよく話し合って、最終的に面接を受けるという結論を出したのなら、私が口を挟めることはありません。

それにメルシアくんなら大歓迎です。きっと彼なら、間違ったことに魔術を使ったりはしないでしょうし、他人の命を奪うなんてこともしないでしょう。

私は、ちょっと緊張の色が見えるメルシアくんに微笑むと、

「ふふっ。メルシアくんは〝ごうかく〟だから、あんしんしていいよ」

「えっ！　ほんとですか⁉」

パァっと表情を明るくさせるメルシアくんとは対照的に、ボズラーさんはちょっと眉《まゆ》を顰《ひそ》めて、

「おい、合否通知は後日じゃねぇのか？」

「うん。だから、みんなにはナイショだよ？」

私がそう言ってウインクしてみせると、メルシアくんは「はぁい」と返事をしながらふにゃっと微笑みました。

それから時間まで軽く雑談してから、メルシアくんにはお帰りいただきました。

あーもう今回の合格者はメルシアくんだけでいいんじゃないかなぁー。一組目の人たちは無かったことにできないかなぁー。できませんよねぇー。

っていうか、ヴェルハザード陛下はどうやって募集をかけたんでしょう？　大々的に募集をかけたってことはなさそうですし、めぼしい人にだけ声をかけたのでしょうか？

となると、次なる三人目はどんな人になることやら。

お願いですからまともな人を……と私は神頼みしてみますが、よく考えたら私こそがアイン聖教の現人神《あらひとがみ》みたいなものでした。夢も希望もありません。

打ちひしがれる私をよそに、扉をノックする音が響きました。次の人が来たようです。

気を取り直して、しっかりしなくちゃ……！　と、私が自分のほっぺたをぺちぺち叩いて喝《かつ》を入れたところで、応接室の扉が開きます。

そしてその奥から現れた人物を見て、私はあまりの衝撃に凍り付いてしまいました。

蜂蜜のように濃厚な金髪に、厭世的《えんせいてき》な鋭い目つき。

小学校上がりたてくらいの姿をしたその男の子は、女子中学生のような少女を引き連れて、ぺこりと頭を下げました。

「しつれいします。アルヒー村からきました、ログナです」

何やってんのお兄ちゃぁぁあああああああんっ⁉

愕然《がくぜん》とする私の反応なんてどこ吹く風といった感じに、お兄ちゃんとお母さんは何食わぬ顔で私の対面のソファに腰掛けました。いや、えっと、この世界ではどうか知らないけど、面接では座ってくださいと言われてから座るのが一般的だよ……？

って、そんなこと言ってる場合じゃない‼

「なっ、なに⁉　なにやってるの、おにーちゃん⁉　おかーさんまで‼」

私がソファの上に立ち上がって叫ぶと、そんな私の反応など見越していたかのように、お兄ちゃんは淡々と口を開きました。

「なにか問題か？」

「もんだいしかないよ！　おにーちゃん、まだこどもなんだよ⁉」

「セフィだってまだ一歳だろ」

「⁉」

一歳……？　一歳児が軍人の面接官⁉　改めて他人の口から聞くとすごいね⁉

私は前世で生きてきた年数も加算すると、余裕でお母さんよりも年上です。だから感覚的に、いくら身体が小さくても自分は〝大人〟なんだという気分が抜けないのかもしれません。

「お、おにーちゃん……〝きしさま〟になりたいんでしょ？　だったら〝まほう〟なんていらないよ！」

「騎士にはなりたいけど、それじゃおそいんだ。もたもたしてたら、セフィがまたムチャをしちゃうだろ」

「え？」

お兄ちゃんの言葉に、私は先月、約一ヶ月ぶりに帝都に帰ってきた時のことを思い出します。

私たちが戻ると、帝都はそれはそれはもう大騒ぎになりました。帝都中の人たちが駆けつけてくれたんじゃないかってくらいの群衆に囲まれて、口々に「無事で良かった」とか「お帰りなさい」みたいな言葉をかけてもらったのです。嬉しいのとビックリしたので、ちょっと泣きそうになっちゃいました。

そしてそんな中、お母さんとお兄ちゃんは人の波をかき分けるようにして私に駆け寄ってくると、苦しいくらいに私を抱きしめました。

お母さんは何を言っているのかわからないくらいに泣いちゃっていて、そして珍しく、お兄ちゃんも涙ぐみながら私を抱きしめてくれました。

魔法封じの首輪を嵌められた状態で、小さな馬車に子供四人だけで片道一ヶ月にもわたる異国への旅……そんなのに一歳児が出かけてしまったら、心配させてしまうのも無理ありません。

それからというもの、お母さんもお兄ちゃんも、過度に私を心配するようになってしまい、まるで私を見張るかのように逆鱗邸に居着いてしまったのです。

曰く、「セフィは放っておいたらどんな無茶をするかわからない」と。

私は頭を抱えながら、なにやら決意に燃えているお兄ちゃんとお母さんに向き直ります。

「でも、これからはまほうのせんせいになるから、あんぜんなんだよ？」

「首輪を嵌められたのは帝都の中だったんでしょ？」

すかさずお母さんが放った鋭い指摘に、私は「うぐっ」と言葉に詰まります。

こ、今度は油断しないもん！　みんなに秘密で行っている『神器シリーズ』の開発も順調だし!!

私がどうやって二人を言いくるめようかと必死に思考を巡らせていると、それまで沈黙を貫いていたボズラーさんが不意に、

「べつにいいんじゃねぇか？　魔法くらい教えてやってもよ」

「はぁ!?」

その言葉に、私は思わずどすの効いた声を発してしまいました。

ボズラーさんはかつての『湖割りの刑』を思い出したのかちょっと肩をビクリと震わせますが、

「お前の弟子には戦争で戦わせないいって、陛下も仰《おっしゃ》ってたじゃねぇか」

「で、でも……まほうのおべんきょうをしてるときに、じこがおこっちゃうかもしれないし……」

「それは俺たちが気をつけてやれば防げるだろ。っつーか、それはつまりうちの弟だったら事故で吹っ飛んでも構わねぇってことか……？」

ボズラーさんの怖い視線に、私は慌てて首を横に振りました。この人、目がマジだよ……。

やだやだ、これだからブラコンは。

私はお兄ちゃんとお母さんの表情をチラリと窺います。二人の目には決して譲るつもりのない決意が滲み出ているように思えて、これを覆すのは相当に難儀《なんぎ》だと感じました。きっと私が何を言ったって、余計頑《かたく》なになってしまうに違いありません。

……今から必死に勉強したって、お兄ちゃんが私より強くなるとは思えません。それは、アルヒー村で何度かお兄ちゃんやお母さんに魔法を教えようとしてダメだった経験から、二人もわかっていることでしょう。

つまり魔法を操ったり、強くなったりすることが二人の目的じゃなくって……単純に、私から目を離さないためという線が濃厚だと思います。

だとするなら……。

「もう、わかったよぉ……」

私は不承不承《ふしょうぶしょう》、諦め混じりの溜息をついて頷きました。私のその言葉に、二人は目に見えて表情を明るくさせます。

はぁ……せっかく二人の身を守るために、〝家族離れ〟を決意してたのに……。

面接が終わってお兄ちゃんとお母さんが退室すると、私はぐったりとソファに横たわりました。そんな私を見たボズラーさんは愉快そうな表情を浮かべています。……なに笑ってんですか、また吹っ飛ばしますよ。

私はしばらく休憩したいような気分でしたが、しかしすぐに扉がノックされる音が響き、その願いは無残《むざん》に打ち砕かれることとなります。

もっと平和的な面接になると思っていたのに、蓋《ふた》を開けてみれば、面接に訪れたのは大司教様と謎の少女、ボズラーさんの弟、そして私のお兄ちゃんとお母さん……とんでもないメンツです。

ゆっくりと開かれた応接室の扉を見つめる私は、「もう何が来ても驚きそうにないな……」などと考えていて……。

だからこそ、随分と育ちの良さそうな黒髪の少女を連れた〝皇帝陛下〟が入室してきた瞬間、心臓が口から飛び出さんばかりに驚愕したものでした。

「……？　……!?　……ッッッ!?」

完全に石と化した私とボズラーさんに構わず、黒髪の少女と、それからなぜかいつもと髪型や服装がちょっと違うヴェルハザード皇帝陛下が、私たちの対面に着席しました。

そして陛下は、非常に真面目くさった表情で、

「お初にお目にかかる。余はザードヴェル・ラントベオ。通りすがりの商人だ」

……は？

「いえ、その……へいかですよね？　ヴェルハザードこうていへいか……」

「違う。余はそのような男ではない。通りすがりの商人、名はザードヴェルだ」

いや、通りすがりの商人は自分のことを〝余〟とか言わないし……偽名も超適当だし……。

私は困り果てて、傍《かたわ》らのボズラーさんに視線で助けを求めます。しかしボズラーさんも顔色を真っ青にさせて私に困惑の表情を向けるだけで、この状況を打破できる手札を持ち合わせているようには見えません。

私は再び陛下に視線を戻して……うわっ！　なにその「まったく変装に気づかぬであろ？」みたいな得意げなドヤ顔⁉　超ムカつくんですけどっ‼　バレバレですってのー‼

ああもう！　お忍びで来るつもりなら、せめてもっと本気でお忍んでくださいよ‼　お目付け役のセルラード宰相《さいしょう》はなにをやっているんですか⁉

私が内心で悶々《もんもん》としている間に、自称・通りすがりの商人さんの傍らで静かに微笑みを湛《たた》えていた少女が、ゆったりとソファの背もたれに体重を預けて、子供らしからぬ妖艶《ようえん》な仕草で足を組みました。

「ククク……こうも早く叔父上の正体に勘づくとは、なかなかやるようね……」

見た目には十歳前後にしか見えないその少女は、しかし年齢に不相応な落ち着き払った声色と口調でした。

……そして陛下のガバガバ変装に違和感を抱いていない辺り、この娘もなかなかのド天然さんみたいです。

って、そんなことよりも重大なことを言いませんでしたか、この子⁉

「お、おじうえ……？」

私が動揺も露《あら》わに呟いたその言葉に、少女は黒く艶《つや》やかなロングヘアをさらりと耳にかけながら微笑みました。

「ええ。私の名は、ヴィクーニャ・ベスタ・ベオラント。皇位継承権第一位にして、大公女……」

「おい、ヴィーニャ」

「……というのはもちろんジョークで、本当は通りすがりの商人の娘、ヴィクーニャ・ラントベオよ」

うっわー今ちょっとドギツいジョークが聞こえた気がするなー皇族《ロイヤリティ》ジョークってやつかなー？

私はもう一度ボズラーさんの表情を窺うと、すでに彼は真っ白に燃え尽きていました。

うん、気持ちはわかるよ。でもお願いだから私を一人にしないで？

自称・通りすがりの商人の娘さんに、私は引き攣《つ》った笑みを浮かべました。

「ええっとぉ……ヴィクーニャさんは、どうして、その、こちらへ？」

「無論、勇者である貴方に魔術の教えを乞うためよ。クク……喜びなさい。この偉大なる通りすがりの私に教えることができるなんて、とても名誉なことよ」

そんな名誉は通りすがってほしくなかったなぁー！　お願いだからそのまま通り過ぎてってくれないかなぁー!!

しかしこの傍迷惑《はためいわく》なロイヤル通りすがり共は、ばっちりこの場に居座るつもりのようです。面接官を目の前にして二人とも足を組んでふんぞり返ってるのが良い証拠……！

こいつらの辞書に〝謙譲《けんじょう》〟の二文字は無いみたいです。

「さて、叔父上。顔見せもしたし、そろそろ帰るとしましょう」

「うむ。面接は十分にしたことだしな」

は？　いやいやいや！　なに言ってるんですかこの人たち⁉

私はごく一般的な社会人の観点から思いっきりツッコんでやりたい衝動に駆られましたが、そんな私の腕をボズラーさんが密かに掴《つか》んで止めたことで、我に返りました。

そ、そうです。このまま帰ってくれるなら万々歳じゃないですか。是非ともお帰りください、通りすがりの商人さんとその娘さん。

いやぁ、もしも皇帝陛下と大公女だったら合否判定に迷うところですけど、通りすがりの人たちだしなー。この傲岸不遜《ごうがんふそん》で常識外れな面接態度を見て、公平な審議の下に不合格を言い渡しても仕方ないですよねー？

私は立ち上がる二人に、「さぁ帰れすぐ帰れ速やかに帰れ」と念を送ります。

するとそんな私の邪《よこしま》な想念《そうねん》に気が付いたのか、ヴェルハザード陛下……もとい、通りすがりのザードヴェル商人は去り際にチラリと振り返ると、

「わかっているな、セフィリア？」

「……え？」

な、なんですか……？　わかりません、ちっともわかりませんよ。私と陛下は以心伝心できるような親しい間柄じゃありませんからね？　全然ちっとも、陛下が何を期待しているのかなんてわかりません。

あっ！　じつは今回の面接は、この困った姪っ子ちゃんの我儘《わがまま》で仕方なく付き添っただけで、大公女に魔法を教えさせるわけにはいかないので『絶対に落とせ』という意味の「わかっているな」でしょうか？

お任せください陛下！　不肖《ふしょう》セフィリア、必ず姪御《めいご》様を不合格にしてみせます！

……ふふん、皇帝だからって、なんでもかんでも思い通りに事が運ぶと思ったら大間違いですよ！　皇帝なんかに絶対負けたりしない！

「わかっているな？」

「…………は、はい……」

皇帝には勝てなかったよ……。

力無くうな垂れる私を満足げに見やった陛下は、姪のヴィクーニャ姫を引き連れて部屋を去っていきました。

後に残された私とボズラーさんは、半ば放心状態で嵐の余韻を噛《か》みしめながら、

「……どうするの、これ……」

切実な呟きを漏らすことしか、できないのでした。

どう足掻《あが》いても、全員に合格を言い渡すことを強《し》いられているような絶望的な面接……。

……セフィ知ってるよ。こういうの、圧迫面接って言うんでしょ……？

＊＊＊

「はぁ……」

私は自室のベッドで枕を抱きしめながら、多量のストレスを含んだ溜息を吐きだしました。

せめて教え子がメルシアくんだけだったら、過保護でブラコンなボズラーさんをあしらうだけで平和的に先生ができたのになぁ。お兄ちゃんはまだ良いにしても、謎のシスターちゃんと大公女様って……胃が痛いってレベルじゃありません。

まぁ、あの皇帝陛下と司教様が私に嫌がらせをするために選んだとは思えませんし、きっとこれにも何かしらの理由があるのでしょう。たとえば帝都に絶大な影響力を持つ皇帝や司教と深いかかわりを持つ子供たちを立派な魔術師に育て上げることができれば、私の先生としての〝箔《はく》〟も付くってものでしょうしね。

教育に成功すれば「あのお二人に教育を任されるだなんて、さすがセフィリア卿！」みたいに口コミが広がって、本格的な魔法学校を開設した時に便利でしょうし。もし失敗しても、あの二人がわざわざ私の悪評を広めるとも思えませんから、リスクは最小限に抑えられていると言えます。

でもなぁ～……絶対に事故を起こしちゃいけないというプレッシャーが、このちっちゃな肩にのしかかってくるのは中々に負担です。まぁ誰が生徒でも、絶対に事故が起こらないようにすることには違いないんですけれど。

とはいえ、私の専門分野の知識を子供たちに教えてあげるだけで公爵位が叙爵できるなんて、ローリスク・ハイリターン過ぎます。私にとっては近所の子に将棋を教えてあげる程度のことですから、私の忌避《きひ》する『労働』とは程遠いですし、とにかく事故だけは起こさないように気をつければいい簡単な任務です。

時間も無制限なわけですから、何ヶ月もかけてゆっくりと教えていくとしましょう。

無理やりポジティブな結論を導き出した私は、すっかり日の暮れた窓の外を眺めて立ち上がりました。

よし、気分転換にお風呂にでも入ろうっと！

私は鼻歌交じりに部屋を出て、お風呂場に向かって廊下を歩いていきます。そして脱衣所の扉を開けた時、そこで衣類を手に抱えたケイリスくんを見かけました。

脱衣所に通じているお風呂場からは、シャワーの水音が聞こえてきます。ちなみにシャワーは私の自作した魔導家電シリーズ。

私はケイリスくんを見上げて問いかけます。

「だれかはいってるの？」

「はい、レジィ様が」

なるほど、じゃあケイリスくんはレジィの着替えを用意してあげてたってわけね。レジィは放っておくとかなり過激な露出度で屋敷内をうろつくからな〜。

お風呂に入っているのはレジィか……じゃあ、べつに待つ必要もないね。私は赤ん坊だし、異性とはいえレジィほど年の離れた子供には私も何とも思いませんし。

私はケイリスくんに背を向けると、身に纏《まと》っていた部屋着を脱いでカゴに投げ入れます。

さーて、私もレジィと一緒にお風呂に入ろっと。

「ちょ、ちょっとお嬢様⁉」

なぜかケイリスくんが血相を変えながら、お風呂場に向かおうとする私の肩を掴んで止めました。

え、なに？　どうかしたの？

「ま、まさか一緒に入るつもりですか？」

「そうだけど？」

何やら難しい顔をしているケイリスくんが、少し頬《ほほ》を赤らめながら私の両肩にがっちりと手を置きました。

「……お嬢様は、もう少し自分の性別に頓着《とんちゃく》して、いろいろと自覚を持つべきだと思います……！」

え？　どういうこと？

私は状況が呑み込めずに首を傾げていると、そこで不意にお風呂場の扉が開かれました。

「おいケイリス、今なんか言っ……うわぁぁあああっ⁉」

そしてしっとりと濡れそぼったレジィが顔を出すと、彼は私と目が合った瞬間に叫びながら扉を勢いよく閉めました。

むっ、人の顔を見るなり叫ぶなんて、失敬な！

私が表情で憤《いきどお》りを主張していると、ケイリスくんは自分のジャケットを私に羽織らせて背中をグイグイと押し、私を脱衣所から追い出しました。

そして私を廊下の壁に追い込んだケイリスくんは、私の顔のすぐ横に手を付きながら、鬼気迫る表情で顔を近づけてきました。

「前にも言いましたけど、お嬢様は普通の赤ん坊ではないのですから、お風呂には女性と

一緒に入ってください」

「え〜？　なんで？」

「なんでもです！　わかりましたねっ⁉」

普段は物静かなケイリスくんの激しい剣幕《けんまく》に圧された私は、「……はぁい」と渋々頷きました。

ちぇっ。それじゃあ私の憧れる『仲良し家族シチュエーション』の一つである〝背中流しっこ〟ができないじゃないですか！　いいじゃん、赤ん坊なんだから！

いや、待てよ……？　今は反対しているケイリスくんも、一度強引にでも一緒に入ってしまえば、以降はなぁなぁで許されるかも？　名付けて、『既成事実大作戦』！

………よし。

＊＊＊

その日の夜更け、一通りのお仕事を終えたケイリスくんがお風呂に入っているタイミングを狙って、私はお風呂場に突撃してやりました。

……そして本気で怒ったケイリスくんに正座させられた私は、懇々《こんこん》と一時間ほどお説教を受けたのでした。

＊＊＊

ケイリスくん経由で面接の結果をセルラード宰相にお伝えしてから、数日後。

今日はボズラーさんと一緒に、『帝都魔術学園（予定地）』となる校舎の下見へ行くことになっています。まぁ生徒数は四人なので、学園っていうより塾って感じですけれど。

ついでなので、うちのお兄ちゃんとメルシアくんも一緒に連れていくことになっています。

今はちょうどお昼時なので、ケイリスくんお手製のご飯で腹ごしらえをしてから出かけるつもりです。そのため私は、先月から逆鱗邸に居着いているお兄ちゃんを呼ぶために、屋敷の中を歩いていました。

ちなみにお母さんとお兄ちゃんには、逆鱗邸で余っていた一室をそれぞれプレゼントしてあります。余り部屋と言っても、部屋一つだけでアルヒー村にある私たちの実家とほぼ同じような広さなので、二人は「広すぎて落ち着かない」とか言っていましたけどね。

「……ん？」

廊下を歩く私は、ふと前方に人影を見つけました。ネルヴィアさんです。

彼女はとある一室の前で右往左往《うおうさおう》しては、時折扉をノックしたりしています。

「おねーちゃん。どうかしたの？」

私が声をかけると、ネルヴィアさんは「セフィ様！」と表情を輝かせました。

そしてそのまま私がネルヴィアさんの足元に歩み寄ると、そこで彼女は「あっ！」と声を上げて、嬉しそうに破顔《はがん》しました。

「その首飾り……！」

「あ、きづいた？」

そう、じつは今日の私は首飾りを着用しているのです。普段の服装だと、一歳児が首飾りというのも妙な感じなのですが、しかし今のように帝国魔術師に支給される軍用外套《がいとう》の上から着用すると、黒い外套に金色の首飾りが映えて、良い感じになることに気が付いたのです。

「よくお似合いです、セフィ様‼」

「えへへ、ありがと」

ネルヴィアさんは頬を紅潮《こうちょう》させながら私を抱き上げて、私の顔と首飾りを交互に見つめてうっとりとしています。彼女がどうしてここまで喜びを露わにするのかというと、じつはこの首飾り、ネルヴィアさんが私のために選んで買ってくれたものだからです。

共和国から帝都に戻り一段落して、やっとこさ愛しの逆鱗邸に帰ってきた私が、マイベッド&マイ枕の素晴らしさを再認識していると、そこにネルヴィアさんが現れたのです。

いったいどうしたのかと思っていると、ネルヴィアさんは遠慮がちに、後ろ手に隠していたものを私に差し出しました。それがこの、金色の首飾りだったのです。

聞けばどうやら、私たちが帝都に帰る前日、私がルローラちゃんを連れてミールラクスに会いに行っているあいだに、プラザトスの商店に残ってお土産を買っていた三人が私のために選んで買ってくれたものみたいです。

ちょっとおかしな表現ですが、三人から私への〝共和国土産〟ってところでしょうか。

まったく、嬉しいサプライズをしてくれるじゃないですか！

ネルヴィアさんがくれたのは鉱山都市レグペリュム製の首飾りでしたが、他の二人もそれぞれ私のためにお土産を選んでくれていました。

レジィからは動物の尻尾を模した、手触りの良いふわふわなストラップ。ケイリスくんからは、透き通った水色の宝石が嵌め込まれている綺麗な髪留めです。

レジィのストラップは軍用外套の胸の部分に留めていますし、ケイリスくんの髪留めも今朝、髪を梳《と》いてもらうついでに着けてもらいました。

つまり今の私は完全装備！　誰にも負ける気がしません！

私はネルヴィアさんにひとしきり褒められて気を良くしながら、さっきまで彼女がノックしていた扉に目を向けました。この部屋は、私がルローラちゃんに与えたお部屋ですね。

私の視線に気が付いたネルヴィアさんは困ったように笑いながら、

「ルローラちゃん、昨晩も今朝もご飯を食べてないんです。だからちょっと心配になって……」

ルローラちゃんがご飯を抜くのは珍しいことではありません。放っておいたら一日中ベッドの上ってこともありますからね。

とはいえ彼女はエルフの里から預かっている大事な客人ですので、万が一のことがあってはいけません。

「おねーちゃん、ドアあけて」

私がお願いすると、ネルヴィアさんは遠慮がちにドアノブに手をかけて、「ルローラちゃん？　開けますよー？」と声をかけてから、扉をそっと開きました。

室内にはいろんな衣類が雑然と散らばっていて、ネルヴィアさんはそれらの服を踏まないように気を付けながらベッドに近づいていきます。

そして辿り着いたベッドの上では、二十歳くらいの女性がパンツ一丁でクッションを抱きしめながら幸せそうに眠りこけていました。

……二の腕とクッションの隙間からちょっとだけ見える膨らみは、ルローラちゃん本人が気にする程ぺったんこではないように見えるのですが……まぁ、たった今私の左半身に

当たっている豊満なコレを見たら、自信を無くして卑屈になってしまうのも無理はないのかもしれません。

「えぇ～……そこまでおっきくないよぉ……むにゃ……」

なにやら幸せそうな顔で漏らされたルローラちゃんの寝言に、私は思わず涙がこみ上げます。

……そこまでちっちゃくないよ！　だから夢に見るくらい、胸のサイズを気にすることは無いんだよ、ルローラちゃん……っ!!

私が悲しみを背負っているあいだに、寝言の意味がわからなかったらしいネルヴィアさんが、容赦《ようしゃ》なくルローラちゃんの肩を揺すってしまいました。も、もうちょっと幸せな夢を見させてあげようよ……！

しかし現実は残酷です。「ふぁ……？」と目を開けたルローラちゃんは、まず自分を起こしたネルヴィアさんと私の顔を交互に見て……それから、ふと自分の胸部に視線を落として、「あ……」と悲しそうな表情になりました。

うわぁぁぁ！　そんな切ない顔しないでよ！　私までちょっと悲しくなったじゃない！

ルローラちゃんは澱《よど》んだ瞳で乾いた笑みを浮かべると、

「ねぇ、勇者さま……世界って……不公平だね……」

「そ、そんなことないよ⁉　それにルローラちゃんはすっごくびじんさんだよ！」

そんな私の言葉にも、ルローラちゃんは遠い目をして曖昧に笑うだけでした。あぁ、今の彼女にはどんな言葉も届かない……。

いや実際、エルフ族に共通する神秘的なまでの容姿とか、彼女の身長よりも長い綺麗な金髪とか、本当に美しいと思います。お肌も透き通るような白さだし、手足もすらっと長いし。

でも百人のエルフ族に聞けば、おそらく百人全員がネルヴィアさんの方が美しいと答えてしまうのでしょう……。

すると私とルローラちゃんが生み出した切ない空気を読まずに、ネルヴィアさんはおっとりとした笑顔でこの部屋を訪れた趣旨を口にしました。

「ルローラちゃん、そろそろお昼ご飯ですよ。昨日のお昼から、何も食べてませんよね？」

「……えぇ～……べつにいいよ……たった今、食欲なくなったから」

「もう。ご飯を抜いてばっかりいると、大きくなれませんよ？」

ネルヴィアさんが何気なく口にした言葉に、ルローラちゃんの普段は気だるげな目が〝クワッ‼〟と見開かれました。

そしてベッドから飛び起きたルローラちゃんはネルヴィアさんの肩を激しく揺すりなが

ら、

「それはどーゆー意味だー!?　大きくなれなくて悪かったなー！　小さくて悪かったなーっ!!」

「え、ええっ!?　急にどうしたんですかルローラちゃん!?」

わりとガチ泣きしながらヤケクソになっているルローラちゃんを、私は「どうどう！おちついてルローラちゃん!!」と必死に宥《なだ》めます。

そしてネルヴィアさんの胸からルローラちゃんの胸に飛び移った私は、彼女の頭を優しく撫でてあげながら、

「いまのはおねーちゃんがわるかったよね。ごめんね、ルローラちゃん」

「うぅ……ぐすん……勇者さまぁ……」

「ほら、きっとおなかがすいてるから、いやなきもちになっちゃうんだよ。いっしょにおひるごはんをたべよう？　ね？」

「うん……いっぱい食べて大きくなる……」

いや、うん……大きくなるかどうかは知らないけど……。

すんすんと鼻をすすりながら、ルローラちゃんは私をベッドの上に下ろしました。それから床に落ちていたワンピースを頭から被るようにして着ると、枕元に置いてあった髪留

めで長い金髪を頭の後ろにまとめます。

その間に少しは冷静になってきたのか、ルローラちゃんはオロオロと困惑しているネルヴィアさんのことを上目遣いに見つめて、

「……ごめん、ネルヴィア。ちょっと取り乱した」

「い、いえ！　お気になさらず……！」

＊＊＊

そしてその後ルローラちゃんは、私から事情を聞いたうちのお母さんに「よしよし」と慰められていました。

見た目中学生くらいのうちのお母さんは、ルローラちゃんの提唱《ていしょう》する哀しき組織『貧者同盟』の筆頭です。ルローラちゃんは知らぬ間に「お姉様……！」と瞳を輝かせて懐いちゃってました。

そして『貧者同盟』の結束を高めるべく、今度ルローラちゃんとお母さん、そして私の三人で外食にでも行こうかという話になっているらしい……って、なんで私まで同盟に加えられてるの⁉　私は違うって言ってるじゃん！　ちょっとぉー⁉

＊＊＊

帝都魔術学園（予定地）があるのは、我らが逆鱗邸から歩いて約五分ほどの場所でした。

そもそも逆鱗邸が『人気のない場所』をあてがわれたわけで、その近くにある建物もまた幽霊屋敷や廃墟、訳あり物件の多いこと多いこと……。

私とお兄ちゃん、ボズラーさんと弟のメルシアくんの四人が下見に訪れた帝都魔術学園（予定地）もまた、その例に漏れず……。

「……ねぇ、ボズラーさん。ほんとにここなの……？」

「あ、あぁ。ここで間違いないはずだ……」

私たちの目の前に建ちそびえるのは、嵐の夜に訪れれば百パーセント怪奇現象に遭遇できること請け合いって感じの洋館でした。

そこまで古びた雰囲気ではありませんが、少なくとも数年は人の手による管理を離れていると思しき外観は、見る者を悪い意味で圧倒する雰囲気があります。

「へぇ、おっきい家だな。イイとこじゃん」

唯一この雰囲気に気圧されていないのは、生まれが貧乏村であるお兄ちゃんだけでした。

たしかにうちの村のボロ屋に比べれば、まだマシかもしれないけどさぁ……。

お兄ちゃんの言葉に、貴族暮らしの私とボズラーさん、そして育ちの良さそうなメルシアくんが、一斉に表情を引き攣らせます。

そして何の気負いもなくさっさと屋敷に向かって足を踏み出すお兄ちゃんを先頭に、私たち三人も恐る恐る追従《ついじゅう》しました。

窓の雨戸が閉ざされているせいで、屋敷の内部は昼でも不気味に薄暗くなっています。もしかしたら床に穴が空いてたり、そうでなくても釘とか尖った木片が転がっているかもしれないので非常に危険です。

私はネルヴィアさんに貰った『翼を模した金色の首飾り』の、左から三枚目の羽根を下方向へ三十度くらい回転させます。すると私の周囲が仄かに光を帯びて、屋敷をぼんやりと照らし出しました。

「わぁ、すごい！　セフィリア様、それって光の魔法ですか⁉」

メルシアくんが瞳を輝かせて私に駆け寄ってきたので、私は「うん、くらくてあぶないから」と言って微笑みます。

それから褒められて気を良くした私は調子に乗って、先ほど回した羽根をさらに下方向に回しながら、

「これのかくどで、あかるさをちょうせつできるんだよ」

「ええっ、呪文がいらないんですか⁉」

「うん、いらないの」

「す、すごいっ！　すごいですセフィリア様！」

えへへ、そう？　そんなにすごい？　でへへ。

身内以外にこんなに褒められることはあんまりないので、私は思わずデレっとした表情になっちゃいます。

ネルヴィアさんに貰ったこの首飾りはなかなか凝った意匠《いしょう》をしていて、広げられた一対の翼から生えている四十八枚すべての小さな羽根が一枚ずつ角度を調整できるようになっているのです。

そのギミックに目を付けた私が、微調整可能な四十八種類の魔法を生み出す魔導兵器へと魔改造を加えたのです。

私はこれを、人知れず『神器シリーズ』と名付けています。

「ねぇ、お兄ちゃん！　セフィリア様ってやっぱりすごいねっ！」

興奮気味に頬を紅潮させたメルシアくんの呼びかけに、ボズラーさんは面白くなさそうに目を細めて、

「そーだな、すごいな。ほら、さっさと先行くぞ」

「あ、待ってよお兄ちゃん！」

ふっふっふ。ボズラーさんめ、可愛い弟くんの関心を私に奪われて面白くないようです。あっ、お兄ちゃん！　なんでどんどん先に進んじゃってるの⁉　なんのために私がピカピカ光ってると思ってるのさ！

私は小走りで追いかけて、お兄ちゃんの隣に並びました。

それから私たちは一階を一通り見て回ると、今度は二階へ移動しようかということになりました。

そしてお兄ちゃんズの二人がどんどん先へ進んでいく中、メルシアくんの「けほっ！」という咳《せ》き込《こ》む声に私は振り返りました。

「メルシアくん、だいちょうぶ？」

「あ、はい！　大丈夫です！」

そのやり取りを聞いていたボズラーさんは立ち止まると、メルシアくんの傍《そば》まで引き返してきて、彼と目線を合わせるようにしてしゃがみこみました。

「無理するな。ここは空気が悪いしな。ちょっと休んでいくか」

「大丈夫だよ！　ぜんぜん平気だもん！」

メルシアくんはちょっとムキになったようにそう言うと、私の顔をチラリと窺いました。

……もしかして、自分のためだけに休憩をするのは迷惑がかかると思っているのでしょうか？

メルシアくんって見るからに線が細くてか弱い感じだし、もしかして喘息《ぜんそく》持ちとかだったりするのかもしれません。あるいは風邪気味とか。

なんにしても、貴重な常識人枠である彼に倒れられてしまっては、私の胃が保ちません。

私は大袈裟に肩を竦《すく》めてみせると、

「じつは、わたしもちょっとつかれちゃった。メルシアくん、ここはボズラーさんたちにまかせて、わたしといっしょにやすもう？」

「え……？」

目を丸くするメルシアくんの答えは待たず、私はボズラーさんを振り返って、

「いい？　ボズラーさん」

「ああ、悪いなセフィリア。弟を頼む」

「うん。ボズラーさんも、おにーちゃんをよろしくね」

ボズラーさんは薄く微笑しながら頷くと、ちょっと離れたところで立ち止まっていたお兄ちゃんに「離れるなよログナくん。キミに何かあったら俺が殺されるんだ」と言って、手を繋いでいました。良くわかってるじゃないですか。

そして私は、窓が開きっぱなしになっていて比較的空気の良さそうな部屋に移動すると、そこにあった安楽椅子をハンカチで軽く拭いてから、メルシアくんを座らせます。

するとメルシアくんが「セフィリア様もどうぞ！」なんて言いながら私を膝の上に乗っけてくれたので、私は笑顔でお礼を言いました。

そのまま安楽椅子に揺られる私たちは、「はふぅ……」と溜息をついてゆったりと休みます。

このお部屋は窓が大きくて明るいから、教室にするにはいいかもしれませんね。

私は首飾りの羽根を回して身体の発光を止めました。するとそれに気が付いたメルシアくんが、

「セフィリア様は、魔法でなんでもできるんですね」

「なんでもじゃないよ？　すうじがそんざいするものしかあやつれないもん」

「……数字が存在する？」

あ、まずそこから教えなきゃいけないんでした。

私は苦笑しながら、

「くわしいことは、じゅぎょうでおしえてあげるね？」

「はいっ！　よろしくお願いします、セフィリア様！」

私の言葉に、メルシアくんはふにゃっと笑いながら頷きました。

メルシアくんは素直で良い子だなぁ。初対面でいきなり突っかかってくるくらい好戦的なボズラーさんとは、正反対の性格です。それに……。

「ボズラーさんのこと、ケガさせちゃってごめんね？」

お兄ちゃんを魔法で吹っ飛ばして病院送りにした私にここまで好意的なメルシアくんは、逆に心配になるくらい温厚すぎると思います。まぁ、そこは吹っ飛ばされて大怪我しても許してくれたボズラーさん本人にも共通するところではありますけど。

すると私のそんな言葉に、メルシアくんは慌てたように首を横に振りました。

「いえ、そんな！　御前試合はうちのお兄ちゃんから言いだしたことですから！」

「でも……」

「それに、あれはお兄ちゃんの逆恨みっていうか……本当なら、ぼくたちはセフィリア様にすっごく感謝しなきゃいけない立場なんです」

「……え？」

ニコニコと嬉しそうに微笑んでいるメルシアくんの言葉に、私は疑問を感じて思わず聞き返してしまいました。

私に感謝？　ボズラーさんとメルシアくんが？

それに逆恨みって……？　ボズラーさんが私に御前試合を申し込んだのは、私の実力に疑問を抱いたっていうのと、リルルに唆《そそのか》されたからでは？

「それって、どういうこと？」

「……え？　お兄ちゃんから何も聞いてないんですか？」

「う、うん」

メルシアくんは意外そうに目を丸くさせていますが、こっちだって同じくらい驚いています。いったいどういうことなのでしょうか。

するとメルシアくんは申し訳なさそうな表情になりながら、

「ごめんなさい。てっきりお兄ちゃんから話を聞いてるものかと……。でも、そうですね。うちのお兄ちゃんの性格からしたら、自分から言いだすってことはないかも……」

「えっと……？」

「セフィリア様、じつはですね。以前セフィリア様が……」

私をお膝の上に乗っけて抱いていたメルシアくんが、言葉を紡《つむ》いでいる途中でピシリと固まって動かなくなってしまいました。

不思議に思って、彼が震えながら見つめている方向へ私も目を向けると……そこに、〝ヤツ〟がいたのです。

「ゴっ…………ゴ、ゴっ……⁉」

「せ、セフィ、セフィリア様ぁ……！」

「お、おおおおちついてメルシアくん⁉」

「いやでも、あっちにももう一匹！」

「ひぃぃぃ⁉」

安楽椅子に腰かけている私たちの足元に、黒くてテカテカしてすばしっこくてヌメっとしてて意外と大きくて世界で最も気持ち悪い生命体が、カサカサと走り回っていたのです‼

ぎゃあああああっ‼　許されざる忌《い》まわしくも冒涜的《ぼうとくてき》な生命体が這いずり回ってるぅぅぅ‼

私の正気度が、一時的発狂も辞さない勢いでゴリっと減少しました‼

メルシアくんは即座に両足を椅子の上にあげると、私をぎゅっと抱きしめます。その判断はじつに的確です。もしもヤツらが足を伝って登ってきたりなんてしたら……‼

「せ、セフィリア様ぁ！　魔法で何とかなりませんか⁉」

「いや、ええと、わたし、まほうでぃのちはうばわないってきめてるからぁ……！」

「じゃあ、えっと、逃げたり、防御したりとか！」

そ、そそ、そうだ、防御!!

私は震える手で首飾りに触れて、防御魔法が設定してある羽根をひねろうとしたところで……なんと名状《めいじょう》しがたき不浄にして邪悪なる生命体が、その羽根を広げてフライアウェイ！　私たちのすぐ横を高速で飛行していきました。

「ひゃあああああああっ!?」

「わぁぁああああああっ!?」

私たちの悲鳴がシンクロすると同時、二階の方からドタドタと激しい足音が聞こえてきて、十秒と経たないうちに部屋の扉が激しく開け放たれました。

「メルシア!!」

「セフィ!!」

そして鬼気迫る表情の二人が、安楽椅子で抱き合って震える私たちと、それからその周囲に這い寄る悪しき深淵より出ずるが如き生命体を見た途端……彼らは同時に気の抜けた溜息を漏らしました。

それからお兄ちゃんとボズラーさんが淡々とそれらを処理するのを、部屋の隅っこで震えながら見ていた私たち。

どうやらちょうど二階部屋の確認は終わっていたようなので、それから私とメルシアくんは二人の背中を押して直《ただ》ちに館の外に脱出すると、荒い息を吐きました。

「……セ、セフィリア様……大丈夫ですか……?」

「う、うん……メルシアくんこそ……」

ボズラーさん曰く、この館は私たちが使う前にベオラント城のメイドさんたちがお掃除してくれるそうなので心配はいらないとのことですが……。

しかしそれでも私は心配なので、メルシアくんと話し合って、私の魔法によりこの建物内部の気温をかなり下げておくことにしました。これで奴らがどこかに行ってくれれば良いのですが……。

はぁ……まったく、寿命が縮んじゃいましたよ……。

……あれ? そういえばさっきメルシアくんと、何か重要なお話をしていたような気がするんですけど……なんだっけ?

第二章　一歳六ヶ月　風と教育と魔術学園

我らが逆鱗邸から徒歩五分。

つい最近まではまったく手入れのされていなかった物件が、ベオラント城付きメイド軍団の手により華麗なるビフォーアフターを遂げ、見事『帝都魔術学園（仮）』として生まれ変わりました。何ということでしょう。

一週間前、私とボズラーさん、それからお兄ちゃんとメルシアくんの四人で下見に行った時は、「こんな廃墟で大丈夫か……？」と青ざめたものでしたが、さすがは一流のメイドさんたちです。良いお仕事をしてくれました。これなら大丈夫です、問題ありません。

と、そんなこんなでついに！　私の教室が無事開校にこぎ着けました！

「はーい。それではまずみなさんに、どんなまじゅつしになりたいかをきいていきたいとおもいます！」

そこそこの広さの教室には、前方に設置された教卓に腰掛ける私と、その傍らに立つボズラーさん。そして対面に並んだ四つの机に、お兄ちゃん、メルシアくん、大公女殿下のヴィクーニャちゃん、修道士のリスタレットちゃんが着席しています。

……もしかしたらクルセア司教やヴェルハザード皇帝陛下が教室に押しかけてや来ないかと私は危惧《きぐ》していたのですが、さすがに彼らもそこまで暇ではなかったようです。

私が四人に問うた『どんな魔術師になりたいか』という質問には、重要な意図がありま す。それはズバリ、彼らのモチベーションを知ることです！

最終的にどうなりたいかという目標を掲げることは成長に不可欠な要素ですし、それがなければただ漫然《まんぜん》と目の前のタスクをこなすだけの無為な授業となってしまいます。

逆に、どんな自分になりたいかを明確に思い描くことができてさえいれば、多少授業で躓《つまず》いたくらいでは挫《くじ》けることなく、目標に向かって邁進《まいしん》することができるはずです。

……そして万が一、あまりにも高望みした目標を設定していたり、逆に保守的な低い目標を設定していたりする子がいた場合、早めに対処する必要もありますからね。

そんなわけで、私は五分ほどみんなに考える時間を与えてから、一人ずつ順番に発表してもらいました。

「よし。じゃあまずはログナくん、はっぴょうしてください」

「は、はい」

あくまで授業中は公私の分別をつけるために、私とお兄ちゃんは妹と兄ではなく、教師と生徒という立場で接することに決めていました。というか、お兄ちゃんがそうしろって言ったから従ってるだけですけど。

お兄ちゃんは立ち上がると緊張のためかちょっぴりそわそわしつつ、普段より少しだけちっちゃな声で発表を始めました。

「……最低でも、うちの家族とか、村のみんなを守れるような力を手に入れたい……です。そのためにも、きちんと戦える魔術師になるのが目標だ。……です」

敬語に慣れていない感じのお兄ちゃんは不器用な口調でしたが、それでもその想いは十分伝わってきました。……もう、あの夜みたいなことは嫌だもんね。

でも実戦に臨《のぞ》むことができるくらいの戦闘能力を得るとなると、それこそボズラーさんと同じくらいの実力は必要なんじゃないでしょうか？　六歳児が抱く夢としては、なかなかハードルは高そうですね。

まぁ、私が魔導具を開発して与えてあげれば事足りるんですけど……それじゃあきっとお兄ちゃんは納得しませんよね。

お兄ちゃんが実際に戦うようなことは絶対にあってはいけませんが、それでも自衛の術を身につけてもらうことは私にとっても嬉しいことです。全力でサポートするからね、お兄ちゃん。

「はい、ありがとうございます。りっぱなもくひょうですね。それではつぎに、メルシアくん」

「はい！」

ちょっと上擦った声を出しながら立ち上がったメルシアくんは、露骨に緊張しながらも大きな声で語り出しました。

「ぼくも、その、身近な人たちを守れるように……悲しい思いをしなくてすむように、戦える力が欲しいです！　あの、でもぼく、身体が弱いから騎士とかはダメで……魔術師なら、もしかしたらって……ですから、えっと、が、がんばりますっ！」

なんというか、必死な感じが伝わってきてじつにグッドな発表ですね。私の傍らでそれを聞いていたボズラーさんも、なんだか感じ入ったように穏やかな表情で何度も頷いています。……まるで初めてのお使いを見守る親みたいな目線ですね。

「はい、けっこうです。いっしょにがんばりましょうね！　それじゃあ、ヴィクーニャちゃん」

ヴィクーニャちゃんは仮にも皇族なので、最初は様付けで呼んでいたのですが……ヴィクーニャちゃん本人の希望により、他の子と同じように扱うことになりました。

彼女は鷹揚《おうよう》に一つ頷くと、腕と足を組んで座ったままの姿勢でゆったりと語りだしました。……うん、せめて立とうか？

「ククク……高貴さに伴う義務《ノブレス・オブリージュ》。富める者は貧しきを救済し、有事《ゆうじ》には最前線にてその身を挺《てい》するものよ。しかしそれは義務ではなく使命……強制されるものではなく、喜んで立ち上がる精神性こそが貴族に必要とされる条件なの」

　ヴィクーニャちゃんは勝手に教室に持ち込んだ紅茶を優雅に一口飲んでから、

「有する権力と責任の範囲は常に比例するわ。なればこそ、偉大なる血を引いてこの世に生まれし私は、相応の力でもって多くの民を救済しなければならないのよ。そのためならば、赤ん坊に教えを乞うことも吝《やぶさ》かでないわ。私の求めるのは、ヴェリシオン帝国に暮らす全ての民の平穏を取り戻し、守るだけの力よ」

……あ、あれ？　この子、意外とまともか？　真面目な子なんですか？　いや、意外っていうのは失礼ですけど……。

　これがヴェリシオン帝国の帝王学なんでしょうか？　十歳そこらの女の子が、よくもまぁこんな境地に辿り着きましたね。

　もしかしたら、この四人の中で一番志が高いのは彼女なのかもしれませんね。ただ、帝国民全員を守るだなんて、個人では私や魔導師様たちでもちょっと無理だと思いますが……でもそれだけ高い目標とモチベーションを抱えているのなら、彼女の授業態度と才能次第では、いずれ魔導師様クラスにだってなれるかもしれませんね。

しかしまずは、彼女がどう戦争に貢献したいのかを聞き取って、それに特化した授業を受けさせてあげるのがいいでしょう。少なくとも、私のような戦闘特化にはなってほしくありませんが。

「ええっと、ありがとうございます。すばらしいこころがまえですね。それじゃあさいごに、リスタレットちゃん」

「はいっ！」

私に促されたリスタレットちゃんは、待ってましたとばかりに勢いよく立ち上がります。

ちなみに彼女は私に指名されるまで、他の子たちが発表している間もず〜〜〜っと私の顔を見つめ続けていました。……わ、私の顔に何かついてるのかな……？

リスタレットちゃんは明るい髪色の茶髪を揺らしながら机に身を乗り出して、とても元気いっぱいに発表を始めます。

「私は、魔術師になりたいですっ!!」

「…………うん？」

いや、それはわかってるよ？　この教室に通う大前提だからね？

私が微妙な表情を浮かべてしまったからでしょう、彼女は「しまった！」みたいな顔に

なると、慌てて手をブンブンと振りながら、

「あ、間違えました！　いや間違えてないです！　魔術師と認められる魔術師になりたいです!!」

「……ええっと？」

よ、余計わからなくなったよ？　魔術師と認められる……？　誰に？

私が曖昧な笑顔のまま小首を傾げると、リスタレットちゃんは「あわわ……！」とほっぺたを赤くさせて、

「えっと、えっと……！　ヴェルハザード陛下に魔術師と認められるような魔術師になりたい……ですっ！　それですっ！」

あ、ああ、なるほど。陛下にね。陛下に認められれば、男爵になれるもんね。

リスタレットちゃんはかつての私みたいに、貴族になりたいのでしょうか？　何をもって魔術師認定をされるのかは私もちょっとわからないのでなんとも言えませんが……。

というかリスタレットちゃん、ちょっと口下手なのかな？　あるいは緊張で、話すべきことがとっ散らかっちゃってるのでしょうか？

もしかしてクルセア司教がリスタレットちゃんに喋らせなかったのって、これが理由？

いや、でもこれくらい私は全然気にしませんけど……。

私はリスタレットちゃんに「はい、ありがとうございます。りっぱなまじゅつしになりましょうね」と微笑むと、彼女はなぜかとても嬉しそうに、蕩《とろ》けるような笑顔を浮かべました。もしかしてこの子、うちのネルヴィアさんみたいな狂信者属性……？

まぁ、なにはともあれ、これで四人の大体の目標や指針の取っ掛かりを得ることができました。私は隣でボズラーさんがスラスラとメモを残してくれていることを確認しつつ、手を叩きます。

「はい、みなさんありがとうございます。じゅぎょうはたいへんかもしれませんけど、いっしょにがんばっていきましょう！」

私の言葉に、生徒の四人は「はい！」と声を揃えて返事をしてくれました。みんな可愛いなぁ！

さて……最初の授業は自己紹介とかで終わっても良いんですけど、せっかくなので何か実のある初回授業にしたいものです。

というわけで。

「それじゃあさっそくですけど、ここでひとつ、みんなでレクリエーションをしましょう！」

私の言葉に、四人は目をぱちくりと瞬かせます。

そんな彼らの反応に構わず、私は指を一本立てながら、パチリとウインクをキメました。

「なづけて、『アクティビティ・クッキング』！」

「あくてぃびてぃ？」

誰からともなく上がった疑問の声に、私は頷きました。

この世界には〝アクティビティ図〟なんて言葉も概念も存在しないでしょうから、彼らの疑問はごもっともです。

「ボズラーさん」

「ああ」

私の合図に従って、ボズラーさんが四人の机にそれぞれ紙と筆記用具を配布してくれます。

紙の上部には黒い丸が、そして下部には二重丸が、それぞれ記号として書かれています。

それらが行き届いたことを確認したところで、私は教卓の上で足をプラプラさせながらレクリエーションの説明を始めました。

「これからやることは、かんたんです。みなさんにはそれぞれ、〝サンドイッチ〟のつくりかたをかいてもらいます」

ルールを説明されても、四人はいまいちピンと来ていない表情です。まぁ、無理もありません。これがどう魔法と関係するのかなんて、今の段階ではピンと来ないでしょう。

そして私は「ただし」と言いながら、ニヤリと笑いました。

「ひとつの〝こうてい《工程》〟をかいたら、それをマルでかこんでください。こんなふうに」

そう言って私がみんなに向けた紙には、（キャベツを挟む）という文字を丸で囲ってあります。……まぁ、私には文字は読めませんけど。

「あとは、マルでかこんだ〝こうてい〟をぜんぶ、せんでつないでいきます。サンドイッチをまったくしらないひとが、みなさんのかいたそれをよんで、サンドイッチをつくれるようなものにしてくださいね。ただしイラストをかくのはダメです」

私はボズラーさんに視線で合図を出して、彼をお兄ちゃんの隣に座らせました。お兄ちゃんは文字が書けませんから、ボズラーさんに代筆してもらうのです。

「いちばんうえのくろいマルがスタートです、そこからせんをのばして、ひとつめのこうていにつなげて、さいごはいちばんしたにあるマルにせんをつなげたらおしまいです」

つまり、●──（工程1）──（工程2）──（工程3）──◎　という図になります。

私の説明に、四人は手元の紙に記された図形に目を注ぎます。

「そして、サンドイッチのざいりょう……こんかいは、パン、キャベツ、トマト、ゆでたまごのよっつが、それぞれきられていないじょうたいでよういされているということにします」

それから私は制限時間を約十分と設定して、「よーい、はじめ！」と開始の合図を出しました。

さてさて、どうなりますことやら。楽しみです。

＊＊＊

私の体感時間で、およそ十五分ほどが経った頃。一番作図に時間をかけていたメルシアくんも出来上がったみたいなので、私は「はい、そこまで！」と作図タイムを打ち切りました。

「それじゃあ、ひとりずつみていきましょうか」

私はボズラーさんを呼び寄せて抱っこしてもらうと、四人の机に並んだ紙をざっと眺めました。そしてボズラーさんに、ざっくりと図の概要を説明してもらいます。……まぁ文字が読めなくても、大体何が書いてあるかなんてわかりますけどね。

自分たちの図をジッと眺める私の視線に、余裕の笑みを崩さないヴィクーニャちゃん以外の三人はちょっと緊張気味の表情です。

私はまず最初に、ヴィクーニャちゃんの図を指で示しました。

「ヴィクーニャちゃん。これ、せつめいしてくれる？」

「ククク……良いでしょう。まず最初の工程は（使用人を呼ぶ）よ」

「うん」

「そして次に、（サンドイッチを作るよう命じる）ね」

「うん」

「以上よ」

私が無言で指をパチリと鳴らすと、ヴィクーニャちゃんが作製した図が〝ドボゥッ!!〟と焼き尽くされました。

「え……」

一瞬で炭クズと化した自分の図を見たヴィクーニャちゃんは笑顔のまま表情を固まらせて、炭と私の顔を交互に見比べました。

「ボズラーさん。どこがもんだいだったかをおしえてあげてください」

「……いや、まぁ……問題しかないわけだが」

そうは言いつつも、ボズラーさんは顎《あご》に手を添えながら真剣な表情で指摘を始めます。

「まずこれは〝サンドイッチの作り方〟じゃなくて〝サンドイッチの作らせ方〟だな。根本的に趣旨が違う」

ボズラーさんの指摘に、ヴィクーニャちゃんは静かに笑みを引っ込めました。

大公女殿下を怒らせてしまったかとビビるボズラーさんに、私は顎をしゃくって無言で先を促します。すると彼は渋々といった感じに、

「さっきセフィリア先生も言ってたが、この図は第三者に見せても成立するものでなくてはならない。百歩譲ってこの図の工程が適切だったとしても、この図の通りに工程を終えることができるのは、使用人を雇っている立場の人間だけだ。キミたち四人の中では、おそらくヴィクーニャ様……ヴィクーニャだけってことになる。それじゃあ論外だろう」

「……でも、結果は同じではないかしら……」

「これは〝桶の水に魔法をかけて増やしましょう〟と言われているのに、魔法なんて使わないで井戸から汲んできた水を桶に注ぐようなものだ。たしかに桶の水は増えたが、それではいつまで経っても水を増やす魔法は習得できないだろう」

ボズラーさんからの指摘が終わると、ヴィクーニャちゃんは再び優雅に紅茶を……あっ、よく見たら紅茶を持つ手が震えてる！

ヴィクーニャちゃんはしばらく黙りこんでしまって、私は彼女が逆ギレとか始めちゃったらどうしようかと内心でびくびくしていました。

けれども彼女は唇《くちびる》を噛んでプルプル震えだしたかと思うと、

「……ごめんなさい……趣旨を、はき違えていたわ……」

と、瞳に涙を浮かべて俯《うつむ》きながら、震える声で呟きました。

そんなヴィクーニャちゃんの意外と素直な対応に、私とボズラーさんは声を出さずにアイコンタクトだけで会話をします。あくまで無言のアイコンタクトなので正確なところはわかりませんが、その会話は概ね以下のようなものだったと思われます。

『お、おいどうすんだこれ！　大公女殿下が泣いちまったぞ⁉』

『あーあ、いけないいんだー。ボズラーさん姫様を泣かせちゃったー。陛下に言いつけてやろー』

『お、おまッ……⁉　ふっざけんな‼　お前が自分の代わりに言わせたんだろうが⁉』

『言い方がキツかったんじゃないかなー。私だったらもっとやんわり指摘してたのになー』

『一人だけ助かろうとしてんじゃねーよ‼　お前こそ、図を燃やすこたぁなかっただろうが‼　言っとくけど陛下からお叱りを受けたら、お前も道連れにしてやるからなっ⁉』

数秒の間、私とボズラーさんは見えない火花をバチバチと散らして……それから、私たちが争っていても仕方ないと結論して、すぐに思考を切り替えます。

他の子たちと同じ扱いを望んだのはヴィクーニャちゃん本人なのですから、陛下に怒られる謂《いわ》れはありません。……いや、あの過保護な皇帝陛下なら、謂れはなくても怒り出すかもしれませんけど。

私は背中に嫌な汗を流しながら、続いてお兄ちゃんが描いた図に視線を向けます。

「えっと……それじゃあつぎに、ログナくん。せつめいしてください」

「は、はい……」

最初の一人目をボロクソに酷評したせいで、次鋒《じほう》となるお兄ちゃんはかなり緊張しているみたいです。ま、まぁそうなるよね……。

お兄ちゃんは自信なさげな小さい声で、自分の描いた図の一つ目の工程を指さしました。

「まず、(パンにキャベツを挟む)」

「うん」

「それから、(パンにトマトを挟む)」

「うん」

「で、最後に(パンにゆで卵を挟む)」

「うん」

「…………おわり、です」

お兄ちゃんは不安げに、私を上目遣いで見つめてきました。図を描いた紙からちょっと距離を取っている辺り、そのビクつきようが窺えるというものです。だ、大丈夫だよ、燃やしたりしないから……。

私はお兄ちゃんを安心させるように大きく頷くと、優しい声色で口を開きました。

「うん、よくできました」

「……！　は、はい！」

私の言葉に、お兄ちゃんはすごく嬉しそうに頬を上気させて、それからホッと息を吐きました。よほど緊張していたみたいです。ただ、この図にもいろいろと問題があるので、心苦しいですけど指摘しなければいけないんですけどね……。

私がボズラーさんを見上げると、彼はちょっと嫌そうな顔をしてから、深々と溜息を吐きました。こら、人の顔に溜息をかけるんじゃないよ！　さっさと指摘してあげて！

「……ログナくん、キミの頭の中では、綺麗なサンドイッチになっているんだろう。だけど、この図を見る限りでは、綺麗なサンドイッチにはならないんだ」

「え……？」

「最初にセフィリア先生が言っていた言葉を覚えているか？　サンドイッチの材料は〝切られていない状態で〟用意されているんだぞ」

ボズラーさんの言葉に、お兄ちゃんは「あ……」と声を漏らしました。

「そうだ。サンドイッチを知らない人間がこの図の通りに作ったら、トマトとキャベツとゆで卵を、パンに丸ごと挟むことになる。……まぁ常識的に考えてそんなことはしないだろうが、少なくともログナくんの頭に思い浮かべているサンドイッチと同じ形にはならないと思うぞ」

きっとお兄ちゃんの頭の中では、ちゃんとパンや具材は挟む前に適切な形と大きさに切られる工程を経たのでしょう。

しかしそれを明示的に文章化しないことには、他者に伝わりっこないのです。

魔法は思った通りに動くのではなく、描いた通りに動きます。そのことを理解せずに適当な呪文を構築して魔法を発動させれば、思い通りの効果は発揮してくれないことでしょう。

私はお兄ちゃんに苦笑を向けつつ、

「いまのままで、まじゅつしになったら、きっとたいへんなことになっちゃうね？」

「は、はい……すいません……」

今はそれを知るための授業中なのですから、謝ることなんてありません。これからゆっくり成長していけばいいのです。

私は続いて、リスタレットちゃんの図に視線を移しました。

「それじゃありスタレットちゃん。せつめいしてくれる？」

「はいっ!!」

リスタレットちゃんはちょっぴり慌てつつも、図を私に向けながら、一つ目の工程を示しました。

「まず最初に、（パンを薄くスライスする）、（キャベツを一枚剥《は》がす）、（トマトを薄くスライスする）、（ゆで卵を薄くスライスする）……」

「うんうん。それから？」

「えっと、それからはログナくんとおんなじで、（パンにキャベツを挟む）、（パンにトマトを挟む）、（パンにゆで卵を挟む）でおしまいです！」

ふむふむ、なるほど。まぁ及第点ではないでしょうか。

私は「はい、よくできました！」と言って、リスタレットちゃんに笑顔を向けました。

すると彼女は両手を頬に添えて、嬉しくって仕方がないといった感じに身をよじり始めます。

……やっぱり、勇者信仰にどっぷり浸かっちゃってる系の子っぽいですね。

私を抱いているボズラーさんに向き直りながら、私は彼にリスタレットちゃんの図を示します。

「どうかな、ボズラーさん？　これならバッチリ？」

「うーん、まぁ良いんじゃないか？」

「……ほんとうに？」

私が目を細めながら念を押してみると、ボズラーさんは数秒ほど考え込んでから「あ」と声を漏らしました。どうやら気が付いたみたいですね。

彼は（パンにキャベツを挟む）という工程の部分を指でトントンと示しながら、

「この描き方だと、パンにキャベツだけを載せた状態で挟んでるな……。これじゃあ、キャベツだけを挟んだパンと、トマトだけを挟んだパン、ゆで卵だけを挟んだパンの三つができると解釈することもできる」

「……!!」

「それから同じパンに対して三つの処理を行うとしても、具材を一つ載せるたびに〝挟む〟必要はないな。まずパンを下に敷いてから、具材を一つずつ〝載せて〟、最後に挟めばいいんだ」

ボズラーさんの言葉に、リスタレットちゃんは目を見開いて驚きを露わにしていました。

その隣ではヴィクーニャちゃんが「なるほど……」と涙で潤んだ目を真剣に細めながら頷いていて、お兄ちゃんは難しそうな顔で首を傾げつつ唸《うな》っていました。

まぁ、この図の通りに作ればちゃんとしたサンドイッチができる可能性もあります。しかしそうでない可能性も少なからずある以上、完璧とは言い難いでしょう。

この描き方だと、ボズラーさんが指摘したように、具材一つだけを挟んだサンドイッチが三種類できる可能性もありますし、パン、キャベツ、パン、トマト、パン、ゆで卵、パンという順番で、パンと具材を交互に挟んだサンドイッチが誕生する可能性もあります。すごく食べづらそうです。

難しいことですが、プログラムはなるべく『誤解の余地がない』ように作らなければいけません。それでいて、なるべく明快に簡潔に描かれていれば尚ベターなのです。

私は最後に、一番作図《さくず》に時間をかけていたメルシアくんの図を示しました。

「このなかで、いちばんすばらしいずをかいてくれたのは、メルシアくんですね」

私がそう言うと、メルシアくんは「えっ、あっ……！」と顔を真っ赤に染めました。

周りの子たちが席を立ってメルシアくんの机に集まると、彼の描いた図を見てみんなが感嘆の声を上げました。メルシアくんの描いた図は、ここまで私やボズラーさんが指摘してきたことをすべてクリアしていたのです。

最初に材料を洗ってからスライスして、パンを敷き、具材を一つずつ載せて、最後に挟む。無駄がなく、また誤解の余地のない十全な回答と言えましょう。さすがは現時点で魔法を少し齧《かじ》っているだけのことはあります。

すっかり照れて小さく縮こまってしまっているメルシアくんに、ボズラーさんが誇らしげな視線を向けていました。まぁ気持ちはよくわかります。

「サンドイッチをつくるのは、これでオッケーです。ではもうすこし、ふみこんでみませんか？」

「……え？」

「たとえば、このなかでトマトがきらいなひとはいませんか？」

私がそう訊ねると、お兄ちゃんとヴィクーニャちゃんが無言で目を逸らしました。

「もしもトマトがきらいなひとがサンドイッチをつくるなら、このとおりにはつくりたくありませんよね？」

「は、はい」

「だったら、（トマトをパンにのせる）のまえに、トマトをのせるかのせないかをえらばせてあげるこうていがあったらいいとおもいませんか？　そしてトマトがきらいなら、（トマトをパンにのせる）をとばして、（ゆでたまごをパンにのせる）にいってしまえばいいんです」

私はボズラーさんに指示して、メルシアくんの描いた図の（トマトをパンに載せる）の直前に（トマトが必要か選択する）という工程を加えさせました。さらにそのすぐ下に◇という図形を加えると、その図形から線を〝二本〟伸ばし、一本を（トマトをパンに載せる）に繋げて、もう一本を（ゆで卵が必要か選択する）という工程に繋げました。

ようするに、キャベツ・トマト・ゆで卵の三つを、好きな組み合わせで入れられるようにしたのです。

まぁこれはあってもなくても構わないおまけ的な部分なのですが、こういった細かな気遣いができるかどうかがプログラマーの腕の見せどころなのです。指示されたことだけをこなしてハイおしまい、ではいつまで経っても成長は望めません。与えられた課題を百パーセント達成するのは〝当たり前〟であって、それ以上のものを納めて初めて実力を評価されるのです。

すると今までちょっと大人しくなっていたヴィクーニャちゃんが、余裕の笑みを引っ込めた真剣な面持ちで口を開きました。

「先生、もう一枚紙を頂けるかしら……今度こそ、完璧な図を描いてみせるわ」

おおっ？　ヴィクーニャちゃん、やる気満々ですね。さっきの失態を取り戻したいっていうよりは、単純に今得た知識をアウトプットしたいって感じに見えます。純粋ですねぇ。

この作図は直接的には魔法に関係しない、基礎の基礎みたいな部分ですが……ここにやる気を見せてくれるのは頼もしい限りです。どんな物事においても、基本を疎《おろそ》かにしない人間は成長が早いものですからね。

「ふふっ、あんしんしてください。ここからがほんばんですよ？」

そう言って私が悪い笑みを浮かべると、生徒たちは目を丸くさせました。

言われなくたって、こんなヌルい作図で終わるわけがないではありませんか。こんなのは軽い準備運動ですよ。紙もお題も、昨日の夜にたくさん用意してありますとも。

「つぎは、みんなではなしあってひとつのものをつくってもらいましょう。さて……こんどこそ、おもわずわたしがうなってしまうような、すばらしいものができるでしょうか？」

私が挑発的な笑みを浮かべると、四人の瞳には目に見えてやる気の炎が燃え上がったように見えます。

それからは、みんな時間を忘れてアクティビティ図の作成に没頭《ぼっとう》してくれました。

そして陽が沈んだせいで教室に明かりが必要になった頃、ようやくこの日の初回授業は幕を閉じたのでした。

＊＊＊

「あ、セフィリア様よ！」

そんな声が、帝都の城下町にある商店街に響き渡りました。

身長六十センチ程度である私はそこまで目立つ方ではないと思うのですが、私が帝都を歩いていると必ず誰かがすぐに発見して、挨拶をしてくれます。

「こんにちは、セフィリア卿！」

「本日もベオラント城へ？」

「今日はネルヴィア殿とご一緒ではないんですね？」

「帰りは是非、うちに寄っていってください！　珍しい品が入ったんです！」

次々と私にかけられる言葉はどれも温かく、かつての迫害じみた扱いがまるで嘘のようです。

クルセア司教と『明星派』の修道士たちによって私のイメージアップ活動が為され、さらにそもそも私への悪意的な噂《うわさ》や印象はすべて、リルルによって操られたカルキザール元司教以下の『久遠派』修道士たちによる陰謀であると判明したのが数ヶ月前のことです。

私はその直後に共和国への旅に出てしまったため、それからのことはあまり詳しく知らないのですが……私が魔法を取り戻して帝都へ帰ってきた時、帝都の皆さんは私の帰還を盛大に祝福してくれる程度には好意的になってくれていました。

私が帝都にいなかった空白の一ヶ月の間、いろいろなことがあったそうです。

まず、私がカルキザール元司教を許して、彼の心を慰める手紙を渡したことや、『久遠派』の修道士たちや私を迫害していた帝都民が気に病まないよう、大々的に彼らを許す通達を出したことを、クルセア司教は嬉々として美談のように誇張しつつ帝都に発信したようです。

おかげで教会に訪れて勇者の私へ熱心に祈りを捧げる帝都民の数が、これまでの五倍以上になったと聞いた時は、何やら言いしれぬ悪寒を覚えたものです……。

しかも『久遠派』の修道士たちは私を本気で神様か何かみたいに信奉するようになってしまいましたし……私の住む逆鱗邸を勝手に聖地認定して、門の前で跪いて祈りをささげるのはやめてもらいたいものです。なんか怖いですし、お兄ちゃんの教育に悪そうです。

さらに、なんとあのヴェルハザード皇帝陛下が直々に帝都民を集め、スピーチを行っていたという話も聞きました。その内容は、私の『逆鱗』という二つ名の由来と、その名が示す本当の意味……加えて、私が家族に強く執着するのは盗賊に襲撃《しゅうげき》された恐怖に起因することや、私が自分のことでは滅多に怒らない性格だということを説明するためのスピーチだったそうです。

べつにそんなこと頼んでないのに……もう、あの人は本当に過保護なんですから……。

聞けば、私が魔導桎梏《しっこく》という首輪を嵌められたという知らせを聞いた魔導師様たちは、それぞれ前線での仕事に一区切りがついたタイミングで、帝都へ飛んで帰ってきてくれたそうです。

そこで特に感情を露わにしていたのは、ルルーさんだったとのこと。……まぁ、今回の黒幕がリルルだったということは、彼女の姉妹であるルルーさんなら話を聞けばすぐにわかりそうなものですしね。

しかしルルーさんの怒りの矛先は、リルルの陰謀を事前に防げなかった陛下やクルセア司教たち、そしてまんまと踊らされたカルキザール司教や久遠派の修道士たち、さらには迫害に手を貸していた帝都民たちにまで向けられ……ルルーさんを落ち着かせるのはかなり手を焼いたと、他ならぬ陛下がげっそりしながら仰っていました。

しかし、いつも私のことを不快そうな目で見るルルーさんが、なぜそこまで感情を荒立てたのでしょう……？　リルルが関わっていたことで、半ばパニックにでもなっていたのでしょうか？

まぁ、それはさておき、おかげさまで今の私はそれなりに多くの人々に受け入れられていました。

しかし一度は根付いた恐怖が、そう易々と解消されるとは思えません。表面的には落ち着いているように見えるだけで、今も根本的なところでは私への恐怖が巣食っていると考えた方がいいでしょう。

そしてその恐怖を和らげていくのは、これからの私の行動に他なりません。せいぜい言動には気をつけて、いつか本当に帝都の人々から信頼を得られるように尽力しましょう。

私はそんな決意を胸に帝都を歩きながら、次々と私にかけられる人々の挨拶に応えていきます。

でもネルヴィアさんが一緒にいると、こうはいかないんですよねぇ……。

ネルヴィアさんは私と違って、私を迫害していた帝都民を完全には許していないようです。彼らが私に近づこうものなら子犬のように唸って威嚇《いかく》し、小走りでベオラント城へ向かってしまいますから。

だから時折このようにして、私一人で帝都を歩いているというわけです。ネルヴィアさんの気持ちは、それはそれでとっても嬉しいですけどね。

＊＊＊

帝都魔術学園……というより、現状においては帝都魔法塾って感じですけど。

とにかく私を先生としている教室には、今日も今日とて四人の生徒さんが集まっていました。

まずはアクティビティ図を通じて論理的な工程の組み立て方についてみっちりと教え込んだ私は、続いてかなり念入りに〝魔法の危険性〟について彼らに説いていました。

というのも、私は帝都でルルーさんに『領域離隔《りかく》』という技法を教わるまで、手のひらから魔法を撃ち出す形式をとっていました。すると当然、何も考えずに攻撃魔法を使えば、真っ先に爆発するのは自分の手ということになるわけです。

私はその問題を〝方位指定子《ほういしていし》〟という、魔法を打ち出す方向を決める命令によって解消しましたが、果たして魔法初心者の彼らがこの指定子を万全に扱うことができるでしょうか？　もしもうっかり呪文の構築中に、方位指定子をすっ飛ばして発動してしまったら……。

そんな悪夢的なことにならないように、私は生徒たちに強く魔法の脅威というものを言い含めることにしたのです。

魔法を教える教室なんて言いながらも、まだ作図の練習と魔法の恐ろしさについての説教しかされていない生徒たちは、もしかしたらうんざりしているかもしれません。しかしこれは本当に大事なことなので我慢して聞いてもらいます。

これから本格的な魔法の練習に入ってしまったら、彼らの手のひらの上には常に〝爆薬〟が載っけられているような状態になるのです。そのことを彼らがきちんと理解して認識してくれるまでは、絶対に次のステップに進ませるわけにはいきませんでした。

そうして十分な日数と時間を使って、彼らが魔法の危険性について正しく認識したことを確認してから……。

「それでは、きょうからまほうのれんしゅうをはじめていきたいとおもいます」

ようやく私は、彼らに魔法を授けることを決意しました。

それに対する生徒たちの反応は、お兄ちゃんとメルシアくんは緊張した面持ちで背筋を正しており……ヴィクーニャちゃんとリスタレットちゃんは少し頬を紅潮させて、見るからに高揚しているみたいです。

欲を言えば全員に緊張してもらいたかった気もしますが、かといって魔法を扱うことへの憧れや楽しみがないと授業で躓いた時に立ち直れないかもしれませんので、案外ちょうどいい塩梅《あんばい》かもしれません。

さて、それじゃあ早速。

「ボズラーさん」

「おう」

私の指示で、ボズラーさんは教卓に用意しておいたプリントを四人へ配っていきます。

そのプリントには、以下のようなことが書かれています。

Эпч ウインドШ ю◉Эи Ш

Ж

Гдпи˗ а Эпч жЭпиЪ
жЭпи ф жЭпи ˗ σ ₀Ъ
б€чйбп жЭпиЪ
Ж

まずこれを見たお兄ちゃんは、かつて私がアルヒー村で魔法を教えてあげようとした際、たったの三十分でギブアップしたことを思い出したのでしょう。すぐにしかめっ面になって頭を抱えてしまいました。

一方、すでに少しだけ魔術の心得があるらしいメルシアくんは目を丸くすると、不思議そうにプリントを眺めています。

ヴィクーニャちゃんはいつもの余裕の笑みを浮かべながら、悠然と呪文に視線を這わせていますが……この数週間の付き合いで、なんとなくわかります。あれは「え、なにこれ全然わからん……」という表情です。

そしてリスタレットちゃんは呪文に目を向けたのはほんの一瞬で、またすぐに私の顔に視線を戻しました。……あれれ、呪文にはあんまり興味はないの？

ボズラーさんが教室前方の壁に大きめのプリントを貼ってくれたのを横目で見ながら、

私はみんなに笑顔で向き直りました。

「はい、これは『みぎのてのひらにふれているくうきのりょうを1として、そこに50をくわえる』というまほうです」

　私の言葉にわずかながらでも理解を示していそうなのは、メルシアくんだけみたいでした。他のみんなは完全にポカンです。

　うーんと、まずは呪文の解説をしていった方がいいかな?

「はじめにこのじゅもんを、ざっくりとせつめいしていきます。さいしょはわからなくてもだいじょうぶなので、とりあえずきいてください」

　そう前置きした上で、私は持参した指示棒を使って呪文の先頭を示しました。

「まずこれ〝Эпч〟ですが、この3もじではいするあいてが〝せいすう《整数》〟であることあらわします。つづいて〝ウインド〟とかいてあるところには、かわりにすきなもじをいれてください。なんでもいいですよ。ここはまほうのなまえですので、じっさいにこのまほうをはつどうするときには、ここにいれたもじをくちにすることになります。つぎのこのぶぶん〝Ш ю◉Эи Ш〟は、このまほうをはつどうするにあたってがいぶからにゅうりょくするすうちはありません、といういみです。こんかいはあまりかんけいありませんので、ふかくかんがえなくてもかまいません。そして……」

「ちょ、ちょっと待て待て！」

私がつらつらと呪文の説明をしていると、ボズラーさんが何やら困惑した表情で口を挟んできました。

「うん？　どーしたの、ボズラーさん？」

「いや、どうしたもこうしたも……見ろ、あの子たちの顔を！」

ボズラーさんに言われて、生徒たちの顔を見ると……全員、口をポカンと開けて固まっちゃってます。どう見ても理解できてる顔じゃありません。

でも最初はかなり大雑把に概要を説明してるだけだから、今の時点ではわからなくても良いんだってば。少しずつ詳しいことを掘り下げて説明していくんだから。

すると困った顔をしたボズラーさんが、身振り手振りを交えながら懸命に訴えてきました。

「今の説明、ぶっちゃけ俺でもわからなかったぞ!?　1に50を加算ってなんだ!?　整数を支配って!?　魔法名が何でもいいってどういうことだ!?　外部から入力する数値って何を言ってんだ!?」

「は？　なんでまじゅつしのボズラーさんが、そんなこともしらないの？」

「悪かったな!!　っつーか、じゃあお前は初めて呪文を見てからすぐに読めたのかよ!?」

「うん」

私のあっけらかんとした返答に、ボズラーさんは完全にピシリと固まってしまいました。

そして彼は〝ギギギ……〟とぎこちなく首を回してお兄ちゃんの方を見ると、その視線を受けたお兄ちゃんは気まずそうに目を逸らすと、

「……セフィは魔導書を眺めてると思ったら、いきなり『読める』とか言いだして、魔法を発動させたんだよ……」

お兄ちゃんの言葉に、ボズラーさんとメルシアくんはなぜか絶句してしまいます。

ヴィクーニャちゃんも珍しく露骨に動揺しているような反応を見せていて、唯一リスタレットちゃんだけは私をキラキラした瞳で見つめていましたが……。

そしてボズラーさんはゆっくりと床に崩れ落ちると、「くそ……バケモノめ……」と悲壮な声を漏らしていました。なにさバケモノって、失敬な。

っていうかほとんどの魔術師は、あの三人の魔導師様のうちの誰かから教えを受けているんですよね？　となると、ボズラーさんがこの体たらくであることを鑑《かんが》みるに、もしかすると魔導師様クラスでも呪文の細かい部分とか、正確な意味は理解していなかったりするのでしょうか？

そういえばルルーさんが、呪文のタイプで得手不得手が存在するみたいなことを言っていたような気がしますし、自分の専門分野とかじゃないと詳しくは知らないのかもしれま

せん。

そもそもこの世界の教育水準は低いわけですし、その辺りのことも考慮しなくちゃいけないわけですか。

日本では幼児期から教育を受けられて、それから洗練された義務教育を九年、ほとんどは続けて三年もの高等教育、望めばさらなる教育だって受けられます。

しかしこの世界では、読み書きと加減乗除《かげんじょうじょ》ができればかなり優秀、というレベル……正直比較にもなりません。

なるほど、陛下がボズラーさんを私に付けたのは、もちろん監視の意味合いもあるのでしょうが……もしかすると、私に不足している『この世界の常識』を補うためという側面もあるのかもしれませんね。

私はしばらく考えたのちに、物事を頭から順番に説明していくボトムアップ形式ではなく、結論から逆算していくトップダウン形式に切り替えることにしました。

まず風とはなにか、どうやったら風を起こせるのかを説明してから、そのために必要な工程を洗い出し、それを術式で書くとどうなるのかを説明し、それから呪文の記述に触れていこっかな。

「まずこのじゅもんは、〝かぜ〟をうみだすものです。さて、ではそもそも〝かぜ〟とはなんでしょうか？　ログナくん」

突然で申し訳ないのですが、私はちょうど目が合ったお兄ちゃんに答えてもらうことにしました。

するとお兄ちゃんはいきなりの指名に飛び跳ねて、真っ青になりながらあたふたし始めてしまいます。そしてうんうん唸りながら悩みに悩んで、それから最後は顔を真っ赤にさせながら、

「……わ、わかりません」

と、ちょっと半泣きになりながら呟きました。

ええっ⁉　な、泣かないでお兄ちゃん⁉　ごめんね⁉

なんか子供らしく、適当に答えてくれればよかったんだよ⁉　そんな思い詰めなくても……‼

顔を真っ赤にしてプルプル震えるお兄ちゃんから慌てて目を逸らした私は、誰かほかに答えてくれそうな子はいないかと、別の生徒たちに視線を向けます。

するとヴィクーニャちゃんは優雅に紅茶を飲みながら、スス―っと目を泳がせました。

……うん、正直でよろしい。

リスタレットちゃんは私から視線を外さないものの、やっぱり表情に緊張の色が浮かん

でいます。

メルシアくんもちょっと自信なさげに、ちらちらと私を上目遣いで見つめていました。

メルシアくんならいい線いきそうな気もするんですが、下手したらお兄ちゃんの二の舞になっちゃうかもしれませんし……。

うーん、仕方ありません。

「じゃあ、ここはかぜのまほうのプロであるボズラーさんにこたえてもらいましょう」

私がそう言うと、ボズラーさんは少しギョッとしたような表情になりました。しかしすぐに気を取り直すと、咳払いを一つしてから説明を始めます。

「……風というのは、この世界を生み出した創造神の司る四属性の一つで、〝見えない圧力〟を意味している。物が動いた時、それに伴う力の余波が空間を伝播《でんぱ》して、周囲の物に作用するとされている」

「は？　なにいってるの？」

「えっ」

私が心の底から「何言ってんだコイツ」みたいな感情を込めてそう言うと、ボズラーさんはビクリと肩を震わせて固まってしまいました。……ちょっと言い方がキツかったかな？

いや、でも……創造神ってなに？　四属性？　見えない圧力？　力の余波？

「〝かぜ〟っていうのはたいきのみつどやおんどのさによってしょうじるぶつりげんしょうだよ？　もちろんたいきがぶつりてきなかんしょうをうけてとくていのほうこうにながれるきょくちてきなかぜもあれば、こうきあつのばしょからていきあつのばしょにながれこむ、こうはんいのかぜもあるけどね」

私が前世で聞きかじった知識を適当に披露すると、ボズラーさんは固まったまま動かなくなってしまいました。

あれ、どうしたのボズラーさん？　フリーズしちゃった？

っていうか、さっきボズラーさんが言ってた風のメカニズムって、まさかこの世界の共通認識っていうか、学者さんたちがマジで言ってるやつじゃないよね？　さすがにそれは……ね？

私がにわかに困惑していると、ようやくフリーズから復帰したらしいボズラーさんが死んだ目をしながら口を開きました。

「……一般的に、魔術師は博識《はくしき》であることが求められるんだ。なぜなら、魔法で干渉するものに対する理解度によって、魔力の消費量が変わるとされているからな」

「え？　そうなの？」

「やっぱり知らなかったか……。俺が風魔法を得意としているのは、ほかの火とか水よりも、感覚的に風に対する理解が深いからだ。風とは何か、水とは何か、火とは何か、それらに対する知識があるとないとじゃ、魔力の消費量が段違いになるって研究成果が出てるらしい」

へぇ……。あ、じゃあ私が広範囲・高出力の魔法をバンバン使ってもあんまり疲れないのは、前世の教育のおかげで物質や現象に対する理解が他の人たちよりも深いからなのかな？

「もっと言えば、呪文の一つ一つの単語に対する理解度によっても、魔力の消費が大きく変わるらしい。呪文への理解が大雑把でも魔法は発動することもあるが、それだとたった一度の発動でかなり疲労するし、発動に時間もかかる。きちんと呪文に対する理解を深めてから発動すれば発動時間も短縮されるし、魔力の消費も格段に少なくなる。これは俺も修行時代に実感してるから間違いない」

「へぇ～」

じゃあもしも私が生徒のみんなに自然科学の知識を教えてあげた上で、呪文の単語を一つずつ丁寧に教えていけば、下手したら普通の帝国魔術師よりも強力な魔術師が誕生しちゃうかもしれないわけですね。いえ、それどころか普通の魔術師を大幅に強化することもできそうです。

……それって大丈夫なのかな？　なんかこう、私がうっかり教えたことが帝国の科学者とかに知られたら、いろいろ大変なことになっちゃうような気が……。

「えっと、ここでわたしがおしえたことは、くれぐれもナイショでおねがいね？」

私が真剣な表情でみんなに言うと、ボズラーさんと生徒のみんなは無言で頷きました。

しかしお兄ちゃんは怪訝《けげん》な表情を浮かべつつ、

「……でも、なんでセフィはそんなにいろんなことに詳しいんだ？　育った場所はオレとおんなじなのに」

お兄ちゃんの鋭い指摘に、私は「うっ……」と言葉を詰まらせました。

さすがに前世のことを言ったら頭の健康を疑われてしまいますし、かといってこれに関しては合理的な理由付けもありません。

しかし合理的ではないですけど、理由付けならできなくもありません。なぜなら私は〝勇者〟ということになっているのですから！

「……ゆ、ゆめのなかで……かみさまに、おしえてもらったの。ほらわたし、ゆうしゃだし……？」

私の苦しい言い訳に、お兄ちゃんはとても胡散臭《うさんくさ》そうな目でジトーっと見つめてきました。やめてお兄ちゃん！　ここはちょっと触れてほしくないところだから！

私はこれ以上みんなに突っつかれないうちに、話題を変えてしまうことにしました。

「と、とにかく！　わたしのちしきをつかえば、ふつうよりもずっとすごいまじゅつしになれちゃうかもしれないね！　よーし、がんばろう！」

私がちっちゃな拳《こぶし》を突き上げると、メルシアくんとリスタレットちゃんが「はいっ!!」と元気にお返事をしてくれました。なんて空気の読める子たちでしょう！

じゃあまずは呪文の説明をする前に、風とは、空気とは何かってことをレクチャーしていったほうがいいよね。

こうして臨時で科学の授業が始まったわけなのですが、分子とか気体とか、酸素とか窒素とか、気圧差とか温度差とか、どうやらこの世界の人間にとっては相当に超高次な講義となってしまったようで……。

かなり噛み砕きながらゆっくり丁寧に説明したつもりだったのですが、それでもこの日の授業が終わる頃には、私の話を聞いていた生徒たちはおろか、ボズラーさんでさえも頭から煙を出して撃沈しちゃってました。

……この様子じゃ、もしも人間が原子という粒同士の結合で構成されているなんて教えたら、みんな発狂しちゃうんじゃないでしょうか……？

人の心を蝕《むしば》む知識っていうのもあると思いますし……知らない方がいい真実も、ありますよね。

私はそっと、異界の知識《ネクロノミコン》を閉じたのでした。

＊＊＊

帝都魔術学園の寂れたお庭で、現在私は生徒たちを伴って実験を行っていました。

「はい、じゃあみなさん、このおみずにてをいれてみてください」

私が魔法によって即席で作った〝池〟の傍に集まった生徒たちが、恐る恐るといった様子で池に手を突っ込みます。

「わっ、なにこれ⁉」

真っ先に手を突っ込んだリスタレットちゃんが、池に入れた手でぐるぐると水を掻き回します。

その水は半ば重力に逆らうような挙動でふわふわと空気中に飛散すると、まるで鳥の羽のようにゆっくりと地面に向かって落下していきました。

他の子たちも、この不思議なお水の感触に驚きの声を上げています。

私はボズラーさんに抱かれながら得意げに笑いつつ、

「どうですか？　まるでこのおみず、〝くうき〟みたいじゃないですか？」

私の言葉に、生徒たちは躊躇《ためら》いがちに首肯《しゅこう》します。

そう、この実験の主題は、水と空気の境界を曖昧にすることによる『空気の存在証明』なのです。

どうにも彼らは、空気が存在している空間には〝なにも存在しない〟と思い込んでいるらしく、〝空気〟という概念を教えてもあまり理解や納得を示してくれませんでした。

風魔法を扱えるボズラーさんですら創造神の四属性だとか意味不明な戯れ言をのたまうくらいですから、無理もありませんが……。

まぁボズラーさんの場合は、理屈や言葉で説明するだけの知識を有していないだけで、感覚的には空気の概念を理解しているはずなんですけど。じゃないと彼が風魔法を得意としている理由に説明が付きませんし。

というわけで私は〝何もないように見える空間にも何かはある〟ということを証明するために、この魔法の池を作成したのです。

この池の水には、重量というものがありません。……昔テレビで、「無重力下における水は迂闊《うかつ》に触れると窒息する」というような説明を見た気がするので、生徒たちの手や腕以外の部分に触れた水は消滅するように設定していますが。

加えて、水の温度を微調整して気温と全く同じにしました。

つまりこれは、『触れてもほとんど触っている感覚がない水』なのです。

「これでわかってもらえましたか？　くうきというのは、かぎりなくかるいおみずのようなものなんです。わたしたちは、くうきというのうみのそこでいきているというわけですね」

その説明を聞いた生徒の皆さんは「なるほど……」と真剣な表情で〝エア水〟を興味深げに触っています。

しかしそこで、お兄ちゃんは控えめに手を挙げながら、私に質問をしてきました。

「あの……でも先生。水の中じゃ、オレたち息ができないんじゃないのか？」

お兄ちゃんの問いに私が答えようと口を開きかけた、その直前。

お兄ちゃんのすぐ傍にいたメルシアくんが、

「でも、空気には〝サンソ〟があるって先生が言ってたよね？　ぼくたちの呼吸はサンソを得るためらしいから、サンソのある空気を飲み込めば、息ができるんじゃないかな？」

メルシアくんの説明に、私は思わず拍手をしました。

「すごい！　そのとおりです、メルシアくん！」

「あ、あぅ……ありがとうございます……」

メルシアくんは顔を真っ赤にして、嬉しそうにはにかみました。

するとそんな様子を見たヴィクーニャちゃんが、手にしている可愛らしいデザインの日傘をくるくる回しながら口を開きました。

「クク……魚が水を飲んで息をするように、地上で生きる生物は空気という軽い水を飲んで生きているというわけなのね。そして空気には、サンソという生命力の源のようなものが含まれている」

「うん、ほとんどそのとおりです。でもおみずにもさんそはふくまれてますけどね？」

「……え？」

「さかなは〝エラ〟でみずからさんそをえることができるんです。で、にんげんなどは〝はい《肺》〟でくうきからさんそをえることができます。ほとんどすべてのどうぶつはさんそをえることでいきているのですが、しかしそのさんそをえるほうほうがそれぞれちがっているというわけですね」

私が説明を補足してあげると、ヴィクーニャちゃんは余裕の笑みのまま固まってしまいました。

とりあえず私は「あはは……まぁ、これはまだよくわからなくてもだいちょうぶですよ」とフォローしてあげます。

「とにかく、これでわたしたちのまわりには、めにはみえないだけで、たくさんの〝くうき〟というものがあることはわかりましたね？」

私がそう訊ねると、生徒たちはこくりと頷いてくれました。

「それじゃあ、またきょうしつでのおべんきょうにもどりましょう！　こんどは、どうやってくうきがうごくのかについておしえます」

私の指示に従ってぞろぞろと学び舎に戻っていく生徒四人を横目に、私は魔法で軽くした水の重量を元に戻しておきます。風に飛ばされたこの水を誰かが吸い込んじゃったら事件ですからね。

そして私も校舎に戻ろうと、ボズラーさんに声をかけたところで……先に校舎へ向かっていた生徒たちの最後尾を歩いていたお兄ちゃんが一瞬、なんとも言えない表情で私を振り返ったのが見えました。

……お兄ちゃん？

＊＊＊

……翌朝。

その日も明け方まで魔導具の開発に勤《いそ》しんでいた私は、薄っすらと白み始めた空を見て一日が始まったことに気が付きます。

それからいつものように早起きしているケイリスくんにまとわりついてお喋りしたり、寝ぼけまなこをぐしぐし擦りながら起きてきたレジィを散歩に連れていってあげたりしてから、ようやくお待ちかねの朝食にありついたのですが……しかし今日はいつもと違うことが一つありました。

そろそろ学校に行こうかという時間になっても、お兄ちゃんが起きてこないのです。心配になった私は、お母さんと一緒にお兄ちゃんの部屋を訪ねてみました。

「おにーちゃーん！　はいるよー？」

私がそう声をかけてから、お母さんが扉を開きます。

すると扉の向こうのベッドには、いまだにお兄ちゃんが横になっていました。しかも顔が半分隠れるくらいにしっかりと布団をかぶっています。

「ログナ？　もう学校の時間よ？」

お母さんがそう言っても、お兄ちゃんは「うん……」と小さい返事を漏らすだけで布団から出てこようとはしません。

私とお母さんは二人で顔を見合わせてから、目元しか見えないお兄ちゃんに顔を近づけます。

「どーしたの、おにいちゃん？」

「ログナ、具合でも悪いの？」

心配になった私たちがそう訊ねると、お兄ちゃんは私たちから視線を逸らしながら小さく頷きました。

ええーっ⁉　具合が悪いって、風邪⁉　熱⁉

いくら私の魔法でも病気ばっかりは対処できないから、常日頃から家族の体調管理にはかなり気を配っていたつもりなのに！

サァア、と自分の顔が青ざめていく様が手に取るようにわかりました。見れば、私を抱いているお母さんも同じように顔面蒼白になっちゃってます。

「た、た、たいへん‼　おかーさん、おいしゃさんをよぼう‼」

「ええ！　セフィはログナのこと見ていてあげて‼」

「ううん、それよりわたしがはしったほうがはやいよ！　まってて、すぐにもどってくるから！」

てんやわんやの私たちが取り乱しながらそんなやり取りを繰り広げていると、ガバッと起き上がったお兄ちゃんが「い、いや、それは大丈夫だ！」と叫びました。

私たちはそんなお兄ちゃんをすぐに横にさせると、布団を肩までかけてあげながら、

「で、でも……！　たいへんなびょうきとかだったらどうするの⁉　カゼだったとしても、

ひきはじめがかんじんなんだよ⁉」

「だ、大丈夫だって！　おなかが痛いだけだから、ちょっと寝てれば治るから！」

「そんなのわからないでしょ⁉　ねんのために、おいしゃさんにみてもらったほうがいいよ！」

私の脳裏に、『盲腸《もうちょう》』や『大腸癌《だいちょうがん》』といった不吉な単語がチラつきます。

この世界では治療法の確立されていない病気なんてたくさんあるでしょうし……私の胸が締め付けられるように痛みました。

しかし頑《がん》として譲らず病院に連れていこうとする私たちに、なぜかお兄ちゃんはムキになって抵抗します。

そして、いよいよ無理やりにでも医者に見せようと私たちが強行手段に出ようとした時、お兄ちゃんが突然布団を蹴っ飛ばしながら体を起こしました。

「あーっ、治った！　さーて学校行くかなー‼」

呆気にとられる私たちに構わず、お兄ちゃんは軽快な身のこなしでベッドから飛び降りちゃいます。

「え……っと……おにーちゃん？　おなかは、だいちょうぶなの……？」

「は？　なにが？　ぜんぜん平気だけど？」

なぜか自棄《やけ》になったような調子でぶっきらぼうに言い切るお兄ちゃんに、私とお母さんは再び顔を見合わせました。

そしてようやく冷静な思考が戻ってくると共に、お兄ちゃんが何を望んでいたのかを私たちは察します。

「ログナ、おなかが治ったなら、学校にいく？」

「…………う、うん」

たっぷり間を置いて、しかも一瞬だけ下唇を噛みながら頷いたお兄ちゃんの様子に、私たちは確信します。

「……おにーちゃん、むりはだめだよ。きょうはゆっくりやすもう？」

「え？」

「そうよログナ、今日は日頃の疲れが出ちゃったんだわ。きちんと安静にして、明日に備えましょう？」

私たちはニコニコしながら、困惑の表情を浮かべるお兄ちゃんを再びベッドの中に押し戻しました。

そうしてお兄ちゃんに寄り添いながら、「朝ごはんを持ってきてあげるわね」とか「がっこうのことはしんぱいいらないからね」などと精一杯の優しい言葉をかけてあげます。

それから私は「きょうは、はやめにかえってくるからね」と言い置いて、お兄ちゃんのことはお母さんに任せて家を出ました。

本当は私も家に残りたかったけど、さすがに授業をすっぽかしたらお兄ちゃんも負い目を感じちゃうでしょうし。

……さて、今日は家に帰ったらどうするのか考えながら授業しなくちゃ。

＊＊＊

その日の夕方に、私はお兄ちゃんの部屋を訪ねました。

いえ、〝私は〟というよりも〝私たちは〟ですね。今日、教室でお兄ちゃんの状況をポロッとボズラーさんに漏らしたところ、彼は「俺も行く」と言いだしてついてきたのです。

……私が思いっきり嫌そうな顔をしてやったのに、気にせずついてきやがったのです。

最近ようやくドアノブにギリギリ手が届くようになった私は、軽いノックの後で扉を開きます。

「おにーちゃん」

できる限りにこやかに、優しい声色を心掛けたつもりでしたが、ベッドに横たわっていたお兄ちゃんは私たちの姿を見るや、気まずそうに目を逸らしました。

ボズラーさんが後ろ手で静かに扉を閉じるのを横目に、私はお兄ちゃんのベッドに歩み寄ります。

「もうおなかはへーき？」

「……うん」

まぁ、朝の段階でお腹は治ったとか言ってましたしね。

しかし私の目的は、お兄ちゃんにそんな質問をすることではありません。

私はお兄ちゃんのベッドによじ登って布団に潜り込むと、私のいきなりの行動に困惑しているお兄ちゃんの目を間近で見つめながら口を開きました。

「ね、おにーちゃん」

「もう、まじゅつしはあきらめる？」

私の言葉に目を見開いたお兄ちゃんは、少しの沈黙の後、小さく口をパクパクさせてから……その普段は凛とした青い瞳に、じわりと涙を浮かばせます。

唇を引き結んで黙りこんでしまったお兄ちゃんの手にそっと触れた私は、一言一言を噛みしめるようにして言葉を紡ぎました。

「おにーちゃん、なんだかあせってない？」

私の言葉に、お兄ちゃんは涙で濡れた金色のまつ毛をパチパチと瞬かせました。

「焦ってる……？　オレが？」

「うん。きょう、ずっとかんがえて、ボズラーさんやメルシアくんにもいろいろときいて、そういうけつろんになったの」

今日の授業の合間《あいま》を縫《ぬ》って、私はボズラーさんとメルシアくんに最近のお兄ちゃんの様子で変わったところはなかったかを尋ねてみました。

すると、お兄ちゃんがこれまで私には見せていなかった一面や、お兄ちゃんがふとした瞬間に漏らした弱音を聞き出すことができたのです。

私は最初、他の三人の生徒たちの存在が、お兄ちゃんの心を急かしているのだろうと考えていました。そしてそれは実際、少なからず的中はしていると思います。

魔術師を兄に持ち、本人も魔術への適性の片鱗《へんりん》を見せ始めているメルシアくん。

ちょくちょく抜けた言動は目立つものの、基本的にすべてが高スペックなヴィクーニャちゃん。

一見すると目立ったところはない割に、じつは現在最も魔術師に近づいているリスタレットちゃん。

そんな三人と並べられて、文字の読み書きもできないお兄ちゃんは肩身の狭い思いをしていることだろうと考えていたのです。

しかしボズラーさんとメルシアくんの話を聞いた限りでは、現在お兄ちゃんがコンプレックスと呼べるレベルで気にしているもの……それは、

「おにーちゃんの〝もくひょう〟は…………わたしなんだね？」

「……〜〜〜っ‼」

私のその言葉を聞いた瞬間、お兄ちゃんは茹でダコみたいに真っ赤になって、枕に顔をうずめてしまいました。

私は思わず破顔しちゃいながら、湯気の出ているお兄ちゃんの顔を覗き込んで、真剣なトーンで言葉を紡ぎます。

「でもね、おにーちゃん。ひとには、それぞれのペースがあるんだよ？」

「……」

枕にうずめた顔をチラリと私に向けたお兄ちゃんが、潤んだ瞳で私を黙って見つめてきます。

私はお兄ちゃんの熱くなったほっぺたにそっと手を添えながら、我が子に言い聞かせるように語りかけました。

「ひとがおおきくせいちょうするタイミングは、それぞれだから。おにーちゃんだってコツをつかんだら、あっというまにすごいまじゅつしになっちゃうよ」

私の言葉を受けたお兄ちゃんは、しかしそれでも浮かない表情で、不安げな光を瞳に湛えています。そんなお兄ちゃんの心を射止めるべく、私は今日一日考えに考え抜いた殺し文句を口にしようとして……。

「なぁ、ログナくん」

しかしそこで、私の嫌そうな顔を無視してまで逆鱗邸へついてきたボズラーさんが口を挟んできました。

もぉーっ!! 今すっごいイイとこだったのに!! なんなのさっ⁉

ボズラーさんは私の怒りの視線に一瞬動揺したような素振りを見せつつも、構わずお兄ちゃんに向けて口を開きました。

「ログナくん、キミは騎士になるために剣術を磨こうとしていたことがあるそうだな?」

「え……うん、まぁ」

「その興味は今も薄れてはいないか?」

突然のボズラーさんの問いかけに、お兄ちゃんだけでなく私も困惑して固まってしまいました。

しかしボズラーさんはそんな反応にも構わず、先を続けます。

「じつは俺も、以前は騎士志望だったんだ。俺の魔術師としての師匠に出会うまではな」

「……！　そうなの？」

「ああ。だから魔術だけじゃなくて、剣術についても多少は教えてやれる。……ログナくん、もしキミさえ良ければ、〝魔法騎士〟を目指してみないか？」

ボズラーさんの申し出に、お兄ちゃんは目を見開いて、ベッドに横たえていた身体をゆっくりと起こしました。

「魔法……騎士？」

「騎士でもあり魔術師でもあるなんて前代未聞だが、もしも実現すれば帝国でも唯一無二の存在になるだろう。そしてキミならきっとなれると、俺は思っている」

〝唯一無二〟……その言葉に、お兄ちゃんの瞳が輝きました。

「それに、毎日勉強勉強じゃあ息が詰まるだろう？　たまには思いっきり身体を動かしてリフレッシュしないとな。そうは思わないか？」

そう言ってニッと笑うボズラーさんに、お兄ちゃんも釣られて微笑みながら、「うん」と頷きました。

「よし決まりだ！　キミが成人して、今よりずっと背が大きくなる頃には、剣と魔法を自在に操るキミの名を帝国に轟《とどろ》かせてやろうぜ。なぁ、ログナくん」

「……うんっ」

お兄ちゃんはボズラーさんの言葉に感極まったのか、はたまた安心したのか、その目に浮かんだ涙をごしごしと擦りました。

そしてさっきよりもずっといい表情になったお兄ちゃんに、ボズラーさんは拳を突き出して微笑みます。

「辛くなったらいつでも吐きだせ。一人でくよくよすんな。……家族を守れるように、強くなるんだろ？」

ボズラーさんの激励《げきれい》に、お兄ちゃんは大きく頷くと、

「……ありがと、ボズラー先生」

そう言って照れくさそうに笑いながら、突き出された拳に自分の拳を合わせました。

……。

えっ……私の出番は……？

すっかり落ち込んじゃってるお兄ちゃんを立ち直らせるような優しい言葉をかけて、お兄ちゃんに「やっぱりセフィがいないとダメだな」なんて言われちゃったりなんかしつつ頭を撫で撫でしてもらって、家族の絆をより一層深めるっていう私のプランは……!?

ちょ、ちょっとお兄ちゃん？　なにボズラーさんと熱い視線を交わしてるの？　その尊敬と信頼の視線はなに？　わ、私だって剣術くらい教えられると思うよ!?

た、たしかに以前、ネルヴィアさんにお願いしてお兄ちゃんに剣術を教えさせようとして、でもネルヴィアさんがあまりにも感覚派の天才だったから教え方が下手過ぎて企画倒れしたっていう過去はあったけど……で、でも、今度はちゃんとやるよ!? もう一度チャンスを頂戴!?

＊＊＊

しかしその後、お兄ちゃんはすっかりボズラーさんに懐いてしまったようで、私がすぐ傍にいてもボズラーさんを目で追いかけたり、教室でも放課後でもボズラーさんとばっかり話すようになってしまいました。

……お、お、お兄ちゃんの浮気者ーっ!!

＊＊＊

一ヶ月近くも〝空気と風〟について科学的な学習を徹底させたため、みんなある程度は風というものを理解してくれたと思います。

そのため今度はいよいよ、風の起こし方……つまり空気の支配方法について学習していくことにしました。

ЭпчウインドШю◉ЭиШ
Ж
Гдпи- аЭпч жЭпиЪ
жЭпиф жЭпи - σ 。Ъ
б€чйбп жЭпиЪ
Ж

「それではまず、ログナくん。〝かぜ〟をおこしたければ、どうすればいいでしょうか?」

教卓の上にちょこんと座った私が、いつぞやと同じようにお兄ちゃんを指名しました。

するとお兄ちゃんはぴくりと肩を震わせて、緊張した面持ちながらもすぐに口を開きました。

「え、えっと……キアツの高い方から、低い方に空気が流れるから……キアツを上げる……あっ、空気をたくさん増やせば、風が起こる……?」

「はい、せいかいです！　よくできました!!」

私はやや大げさに手を叩きながらお兄ちゃんを褒めてあげると、お兄ちゃんはホッとしたように息を吐きながら、照れくさそうにはにかみました。

……そしてお兄ちゃんはボズラーさんへ、意味深な熱い視線を送ります。その視線にボズラーさんは微笑を返しながら頷いて、まるで目と目で以心伝心ってカンジ……。

うぐぐ、なんですかそれは。「ボズラー先生に教わったおかげです」って？　「いやいやログナくんの実力さ」って？　ちげーよ！　私が最初に授業で教えてあげたんじゃんっ！ボズラーさんは創造神の四属性がどうとか寝言をほざいてたじゃん！

お兄ちゃ～ん、私だって寝る前に毎日ちょっとずつ復習の授業してあげてるよね？　お兄ちゃんはあんまり集中力が持続しないみたいだから、十五分って時間を区切って！　寝る前の学習は脳に定着しやすいそうだよ、知ってた⁉

そのうち本当にいじけちゃうんだからね、もう……。

私は内心でむくれているのを悟られないように取り繕いながら、授業を進めます。

「そのとおり。くうきをふやせば、ふえたところからかぜがうまれます。つまり『かぜをおこすまほう』というのは、『くうきをふやすまほう』とほとんどおんなじってことです。ここまではだいちょうぶですか？」

私の確認に、お兄ちゃんを含めた生徒たち四人は一斉に小さく頷きました。この一ヶ月で、彼らの自然に対する理解度もかなり向上しているように思います。

「このじゅもんも、くうきをふやすことでかぜをおこしています。『くうきをふやしてね』とめいれいしているところは、ここです」

そう言って私が指示棒で〃жЭпиｰσ₀Ъ〃という部分を示すと、お兄ちゃんは真剣なまなざしでプリントを見つめていて、メルシアくんはある程度知っているためか、小さく頷いていていました。

ヴィクーニャちゃんは私の指示棒の先をジッと見つめていて微動だにしませんが、紅茶のカップは脇に置いているので彼女なりに集中して聞いているみたいです。

そしてリスタレットちゃんは、この中で唯一真剣にノートを取っています。あのノート、一年後にはちょっとした魔導書になってそうだな……。

私は〃ｰσ₀〃の部分を指示棒で示しながら、

「ちなみにここでは、『50をたしてください』とめいれいしています。でもみなさん、そもそも50ってなに？　っておもいますよね？」

生徒の皆さんが一斉に頷くのを見た私は、自分のちっちゃな手のひらを前にかざしました。

そしてネルヴィアさんから貰った首飾りの、『立崩体《ピースメーカー》』が封入されている羽根をカチッと傾けます。

すると私のかざした右手から、一辺五センチほどの黒い立方体が出現しました。

「これが、1です。このおおきさのくうきに、これの50ばいのおおきさのくうきをくわえるのが、このまほうです」

〝Гдпи〟というのは、〝手のひらに接している領域〟に命令を与える宣言です。

つまり「今から言う命令を、手のひらに接してる部分に適用してくださいね」ということ。正確には手のひらに接している部分だけではなく、手のひらを基点とした直径五センチほどの立方体が範囲ですけど。

そしてこの〝Гдпи〟は宣言と同時に、自動的に整数の1が割り振られます。

ちなみに今回は〝Гдпи-a〟という宣言を用いていますが、この〝-a〟の部分は〝領域内に存在する気体に〟という意味です。うっかり空気以外の物質量を増やして事故が起こったら大変ですからね。

Эпч ウインド Ш ю◉Эи Ш
Ж
手のひらの気体に Эпч жЭпиЪ
жЭпи ф жЭпи 50を加算せよЪ
б€чйбп жЭпиЪ
Ж

私はさらに、文中に何度も出てくる〝жэпи〟という文字を示しながら、

「このもじは、〝へんすう〟といいます」

変数というのは、『数値を入れておく箱』です。小学校で習う〝X＋3＝8〟という式におけるXのことですね。

そして空気を増やすためには、〝元々どれくらいあるのか〟と、〝どれくらい変化させるのか〟という数値の情報がひつようです……という説明をしました。

「ここまではだいちょうぶでしょうか？」

私がみんなに確認してみると、お兄ちゃんとリスタレットちゃんがちょっと難しい顔をしていたので、説明を加えることにしました。

「たとえば、そうですね……。きょうのみなさんのおひるごはんは、わたしがじゅんびするとします。さて、それではみなさん、おひるごはんは、ふやしてほしいですか？　へらしてほしいですか？」

私がそう問うと、四人は怪訝そうな表情になりました。それはそうでしょう。この質問には、決定的に判断材料が足りていません。

私が準備したお昼ごはんの量が、みんなにはわからないのです。元々どれくらいの量が

あるのかわからなければ、増やしてほしいか減らしてほしいかなんてわかりません。

そのように説明をすると、お兄ちゃんとリスタレットちゃんは少しピンときたようです。

「これをまほうにあてはめると……いま、おひるごはんのりょうをしめす〝へんすう〟には、どんなすうちがはいっているのかがわかりません。これじゃあ、〝もともとどれくらいあるのか〟と、〝どれくらいへんかさせるのか〟がわかりませんよね？　それじゃあ、わかるようにしてあげないといけません」

私は教卓から取り出した適当な小石を三つ、みんなから見えるように並べます。

変数には名前が必要です。なのでお昼ごはんの変数名は『ランチ』としましょう。みんながいつも食べているお昼ごはんの量……つまり『ランチ』は〝3〟です。今日、私が用意する『ランチ』は〝1〟です。これじゃあ全然足りません。じゃあどうすればいいかというと、今日の『ランチ』に〝2〟を足してあげればいいんです。そうすれば、いつもの量になりますよね。

私はそう言いながら、一つ置かれた小石の横に、小石を二つ並べて、最終的に三つの小石になりました。これがみんなの普段食べる量なのですから、お昼ご飯の量を適正にするという目的は達したことになります。

しかしお弁当の量なんて作る人によって千差万別ですから、これっていう明確な数字は存在しません。だから変数という、変化に対応できる柔軟な箱に入れておくのです。

お兄ちゃんたちの表情を見るに、どうやら理解してくれたみたいです。

「では、いまのをふまえて、かぜのまほうのじゅもんをみてみましょう」

Эпч ウインドШ ю◉Эи Ш
Ж
手のひらの気体に Эпч 変数（1）Ъ
変数（1）ф 変数（1）に50を加算せよЪ
б€чйбп 変数（51）Ъ
Ж

「さっきもいいましたが、てのひらのくうきは〝1〟です。ここに50をくわえるということは、さいごのへんすうには51がはいっていることになります。なんのすうちをいれているのかがわかるなまえをへんすうにつけてあげましょう」

私がそう言うと、ヴィクーニャちゃんがお上品に右手をちょこんと挙げました。

「先生。そのヘンスウっていうのには、どんな名前でもつけられるのかしら？」

「いいえ。すでにじゅもんのなかでイミをもっているなまえはつけられません。たとえば、これとか」

そう言いながら私は、呪文の最後の行にある〝бЄчйбп〟という部分を示します。

極端な例を挙げるなら……中学校の名前に〝小学校〟とは付けられない、という感じでしょうか。私立小学校中学校。……べつに名前は自由ですけど、これではみんな混乱してしまいます。〝帝国共和国〟とか〝一軒家マンション〟なんて名前が存在できないのと同じことです。

「とはいえへんすうのなまえは、みなさんがいつもつかっているもじでもつかえます。なので、みなさんがわかるもじにかきかえちゃいましょう」

ちなみにこの説明を以前ボズラーさんにした時、彼は「マジかよ⁉」と叫んで仰天していました。

口に出して行う詠唱ならともかく、原文である呪文言語に現代語をぶっこんでも動作するなんて普通の魔術師は考えもしなかったようです。

「そして、『これからへんすうにこんななまえをつけてつかいます』といっているのが、このぶぶんです」

私は〝Гдпи- а Эпч жЭпиЪ〟を示しながら、そう言いました。

Эпч ウインドПю◉ЭиШ
Ж
手のひらの気体に 変数として数値（1）と「風量」という名前を与えますЪ
風量（1）ф風量（1）に50を加算せよЪ
б€чйбп 風量（51）Ъ
Ж

「あ、あの……！」

と、ここでメルシアくんが挙手をしました。

私が「はい、なんですか？」と優しく問うと、

「ちょっと根本的っていうか、今さらな質問になっちゃうんですけど……」

「かまいませんよ」

「あの、魔導書とかに載ってる呪文って、だいたい一文で書かれてませんか？」

……ああ、なるほど。そのことですか。たしかにこの世界の人たちにとっては、呪文は一文で書かれているっていうのが常識です。たとえばこんな風に。

Эпч ウインド Шю◉ЭиШЖГдпи- а Эпч жЭпиЪ жЭпи ф жЭп
и - σ ₀Ъ б€чйбп жЭпиЪ Ж

だから私が勝手に〝改行〟しているのが不思議なのでしょう。

しかし私はにっこりと微笑みながら、一言。

「でもそんなの、よみにくいでしょう？　だからよみやすいように、かいぎょうしました」

「……な……なるほど」

私の返答に、メルシアくんはポカンとした表情で呆気に取られていました。

コロンブスの卵というか、なんというか。私にとっては常識でも、この世界の魔術常識では〝改行〟という概念はこれまで存在しなかったようです。

私は文中にちょくちょく出てくる〝Ъ〟という文字が『ここまでが一文です。ここで改行していいですよ』という意味であることを補足しました。

そして私は続けて、真ん中の方にある〝жЭпи ф жЭпи - σ ₀Ъ〟という一行を示します。

「ここでは、へんすうのなかのすうちでけいさんしています。さっきわたしがこいしをつかってやったみたいなけいさんです」

ここでは、1に50を足すという計算です。

途中にある〝ф〟というのはイコールという意味で、『右辺の計算結果を、左辺に代入せよ』という意味を持ちます。

э п ч ウインド Ш ю ◉ э и Ш
Ж
手のひらの気体に 変数として数値（1）と「風量」という名前を与えます
風量（1）（←代入）風量（1）に50を加算せよ
б € ч й б п 風量（51）
Ж

そして私は最後の文にある〝б € ч й б п〟という部分を示しました。

「これは、『このじゅもんのけっかを、げんじつせかいにひきだします』っていういみになります。このまほうのばあいは、『てのひらにふれているくうきが50ばいになったもの』がわたしたちのせかいにあらわれるってことです」

さっきまでいろいろと計算したりしてましたが、ちゃんと〝返す〟ものを指定しないとまったく意味がなくなってしまいます。そして何も返さないのはもちろん論外ですが、計算結果となる変数ではなくまったく関係ない変数なんかを返しちゃっても、今までの計算が全部無意味ということになってしまうわけです。せっかく夏休みの宿題を終わらせても、それを学校に持っていかなかったり、全然違うノートを持っていってしまったら意味がないのと同じように。

まぁ、この世界の術式はそこまで複雑なものを構築しませんし、ほとんどの場合は間違えようがないとは思いますけどね。

Эпч ウインド Ш ю◉Эи Ш

Ж

手のひらの気体に 変数として数値（1）と「風量」という名前を与えます

風量（1）(↑代入) 風量（1）に50を加算せよ

返却します 風量（51）

Ж

さて、これで最後です。

私はまず、一行目の〝Эпч〟を示しました。

「これは、さいごにかえすものの〝しゅるい〟をしめしています」

整数なのか、実数なのか、自然数なのか、正否なのか、いろいろありますが……こんかいは〝整数〟ですね。

物質の量はマイナスになりようがないので自然数でもいいんですけど……まぁ今はそこまで厳密にメモリを節約することもないでしょう。

私は今日までの理科的な授業の合間に、数学的な授業も行っています。

整数や実数くらいなら小学生レベルの内容ですので、すぐに生徒たちも理解を示してくれました。

「つぎに〝ウインド〟ってかいてあるところですが、ここにはすきなもじをいれてください。ここもへんすうとおんなじで、みなさんがいつもつかっていることばでだいちょうぶです。ただしここはまほうをはつどうするときにとなえるぶぶんなので、あんまりながいのはオススメしません」

そして私は〝Шю◉ЭиШ〟を示しながら、

「ここは、いまはきにしなくていいです。いろんなまほうをくみあわせて、ものすごいまほうとかをつかうときにひつようになるところですので」

ここで説明しても良いんですけど、あんまり詰め込み過ぎると頭の中がごちゃごちゃになっちゃいますしね。今はまだ詳しく説明しなくても大丈夫でしょう。

整数を返却する術式　〈魔法名〉Ш　外部から受け取る数値なし Ш

Ж

手のひらの気体に　変数として数値（1）と「風量」という名前を与えます

風量（1）（↑代入）風量（1）に 50を加算せよ

返却します　風量（51）

Ж

私は一通りの説明を終えて、みんながここまでの説明を頭の中で整理する時間を取りました。

特にリスタレットちゃんは熱心にノートを取っていて、ノートが細かい字でびっしりと埋め尽くされています。

メルシアくんも要所要所でプリントにメモを記していますし、ヴィクーニャちゃんも今日は紅茶に手も付けず、顎に手を当てて真剣な表情で聞き入っていました。

お兄ちゃんはちょっと説明についてこれてないみたいですけど、夜の個人レッスンで私が復習させてあげるので大丈夫です。

「さて。それじゃあ、どんなふうにまほうをはつどうするのかを、じっさいにボズラーさんにやってもらいましょう！」

私の指示に小さく頷いたボズラーさんは、右手を軽く前に突き出しました。すると生徒たちは食い入るようにボズラーさんの一挙手一投足に注目して、教室が一気に静まり返ります。

そして静かに目を閉じたボズラーさんが、口を開きました。

「我が名に平伏《ひれふ》し従え風よ。その数を増し、顕現《けんげん》せよ――『ウインド』」

詠唱の完了と共に、ボズラーさんの手のひらから風が巻き起こりました。

子供の練習用として調整してあるため威力はかなり抑えていますが……それでもみんなの髪やプリントが軽く舞い上がるくらいの風が巻き起こりました。

そして「おぉ～」と沸き起こる歓声。ただ普通に魔法を見ただけではそこまで関心することはなかったでしょうが、今までの授業で魔法の発動がどれだけ難しいかを思い知っている彼らは、素直にボズラーさんへ尊敬の眼差しを送っています。

ボズラーさんは赤みがかった金髪をキザっぽい仕草でかき上げると、

「セフィリア先生はどんなに強烈な魔法でも無詠唱で発動しているが、あれは本来高等技術だ。最初のうちは呪文をゆっくりと目で追って、術式の概念を自分なりの言葉で整理して、それをゆっくりと声に出しながら発動することを心掛けるんだ」

ボズラーさん曰く、無詠唱で呪文を発動するというのは本当に難しいことなのだそうです。

まず呪文を頭の中で鮮明に思い浮かべることができるっていうのが最低ラインだということを思えば、たしかに普通の人には難しいかもしれませんね。私も術式以外のもの……たとえば人の顔を写真のような鮮明さで思い浮かべることはできませんし。

ともあれ、これでこの呪文に関する大体のことは教えられました。

あとは生徒たちそれぞれの理解度に応じて、彼らのわからないところを一つずつ潰していきましょう。

私の魔術と科学の知識と、ボズラーさんの一般人と魔術師としての感性。

私たちが教師として結束すれば……きっと良い教室になると信じています。

＊＊＊

その日は学校もお休みで、〝とある呼び出し〟さえなければ平穏な一日のはずでした。

「ただいま〜」

私が少しぐったりしながら逆鱗邸の玄関をくぐると、ちょうどロビーを通りがかっていたらしいレジィが獣耳を〝ぴょこん！〟と立てて駆け寄ってきました。

「おかえり、ご主人！」

そう言ってレジィは私を抱え上げると、おっきな瞳をキラキラ輝かせながら尻尾を激しくぶんぶん振ります。

私が「ただいま、レジィ」と微笑みながら彼の頭を撫でてあげると、レジィの表情はますます蕩けてしまいました。

しかしレジィはすぐに真顔に戻ると、困ったように小首を傾げました。

「ご主人……疲れてるのか？　顔色悪いぞ？」

「あー、いや、つかれてるってほどでもないけど……ちょっとね」

レジィは意外と、他人のちょっとした変化に敏感です。

私は苦笑しながらも、そういえば今回の件はレジィに話を聞いてみても良いかもしれないと考えました。

「ねぇ、レジィとちょっとおはなししたいな。わたしのおへやにいこ？」

私がそう言うと、レジィは耳をぴこぴこさせながら、

「……しょーがねーなー」

なんて言いながら、にやける口元を隠しきれていませんでした。ふふっ、愛《う》いやつめ。

私の部屋に着くと、私をベッドに降ろしたレジィは、ベッド脇の床にペタンと座って上半身をベッドに預けました。これがレジィのお決まりのポジションなのです。

そしてベッドに顎を乗っけるレジィのすぐ目の前で、私は枕を抱きしめながら彼と向かい合いました。

「さいきん、ほかのじゅうじんたちとあってないよね？　こんど、いっしょにあいにいこうか」

「んー、そうだな。あんましほっとくと、パッフルとかチコレットがうるさいからな」

あの寂しがり筆頭の二人だけじゃなくって、獣人たちはみんな寂しがってると思いますけどね。

故・族長の娘さんであるというアイルゥちゃんなんかは、レジィにホの字なので特に。

……レジィ本人は、その恋心にまったく気が付いていないみたいですが。

それからも私たちはしばらく、世間話のような他愛のないおしゃべりを続けていました。

その間、レジィは私と二人っきりの時しか見せない甘えきった表情で終始ニコニコして
おり……そろそろ私は本題を切り出そうと、さっきまでと同じ声のトーンで、何気ない話

題を装いながら口を開きました。

「ところでレジィ。クロとシロの、４まいのはねをはやしたまぞくって……しってる？」

単刀直入に切り出した私の問いに、レジィの表情が見るからに強張ります。

そしてレジィは落ち着きなく視線を泳がせていたかと思うと、やがて意を決したように再び私と目を合わせました。

「だ……だめだ、ご主人……アレと関わっちゃ……」

「……そっか。やっぱりレジィはしってるんだ」

そして私は、今日緊急招集された中央司令部上等会議において議題となった、〝白と黒の翼の少女〟についてレジィに話をしました。

曰く、「あらゆる魔法を操る」。

曰く、「あらゆる魔法が効かない」。

その少女は、現在も膠着《こうちゃく》状態が続いている戦場の前線地帯……その各地に次々と姿を現しては、応戦した騎士や魔術師を容易に一蹴してから〝質問〟を一つして、また姿を消すということを繰り返しているのだとか。

虫を適当に払うくらいの気軽さで蹴散らされた前線の精鋭たちは、しかし奇跡的に誰も命を落としてはいないそうです。けれどもそれは気遣いや優しさによるものではなく、邪魔だからと蹴った小石をわざわざ砕こうとはしないように、その少女にとって意に介する必要さえなかったから無視されただけのこと。

そんな規格外の少女が繰り返しているという質問……それが『〝セフィリア〟っていう人間はどこにいる？』なのだとか。

そこまで話をすると、レジィは珍しく青ざめながら俯いてしまいました。

「……直接見たことはないんだ……だけど魔族領で暮らしてれば、強い魔族の噂ってのはどうしたって耳に入ってくる」

実力主義思想の根強い魔族は、開眼《シャンテラ》という特殊能力を持っている個体などのように〝傑出した実力〟を持つ者は、二つ名を付けられたりして知らず知らずのうちに有名になっていくそうです。……ちょうどレジィもそうであったように。

それは裏を返せば、魔族の中での〝知名度〟が、すなわち実力を推し量る一つの指標となるわけで……。

「魔族にもいろいろいるけど、〝白と黒の翼〟と言ったらそれが指すのは一人しかいない。一人でいくつも開眼《シャンテラ》を持っていて、戦った相手を城や島ごと消し飛ばしたとかいうデタラメな噂ばっかり聞こえてくるんだ」

「……そんなにつよいんだね」

「ああ。魔族なら誰もが知ってて、誰もが『どうか実在しないでくれ』って願ってるバケモノだよ。……ホントにいたんだな、〝アレ〟が……」

どうやらとんでもない相手に目を付けられてしまったようです。〝セフィリア〟なんて名前はそこまで珍しい名前でもないので、赤の他人だと思いたいものですが……おそらく現在この大陸で、一番有名な〝セフィリア〟は私でしょう。

各地で私の居場所を訊いて回っているということは、敵はそう遠くないうちに〝帝都ベオラント〟という名に辿り着くと見ておいた方がいいでしょう。その時、もしも帝都が戦場となるようなことがあれば、未曾有《みぞう》の大惨事が引き起こされることは想像に難くありません。

だからこそ私は、その怪物を……。

「……逃げよう、ご主人」

しかし神妙な面持ちでレジィが呟いた言葉に、私は思わず目を丸くしてしまいました。

実力至上主義である獣人族のレジィから、そんな言葉が出てくるとは思わなかったのです。

「ヤツの二つ名はいくつかあるけど、その中で一番有名なのが『死神』だ。ヤツは見ただけで相手を〝消す〟ことができるらしい。今まではあんまり信じてなかったけど、ご主人が似たようなことやってるのを見て、本当かもしれないと思うようになった」

見た相手を消す……つまりルローラちゃんの読心と同じく魔法の発動条件が〝視認〟であり、その効果が物質量をゼロにするというものなのでしょう。すなわち視界に入っただけで即死。

たしかにそれを聞くと、とてつもなく恐ろしい相手だということがわかります。その上、彼女と対峙した人たちからの報告では、彼女は地震を起こしたり暴風を巻き起こしたりと強大で多彩な魔法も操り、そのくせこちらの魔法はまったく通用しなかったそうです。

それらの能力のどれか一つだけでも規格外だというのに、そのすべてを備えた、まさに怪物。

「他にも『魔王』なんて二つ名もある。たしかに噂が全部本当なら、間違いなく魔族最強だ。……だけどそれでもオレは、本気でやればご主人が勝つって信じてる。でも、いつもみたいに殺さないように手加減してたら……万が一ってことがあるかもしれないだろ……！」

そう言って、レジィは今にも泣きだしそうな顔になっちゃっています。

私はレジィを安心させるために頭を撫でてあげながら、彼の心配ももっともだと納得していました。

たしかに相手を殺さないように戦うというのは、かなりのハンデになります。通用するかどうかはさておき、相手の命を奪ってもいいのであれば『半径一キロの空間をすべて消滅させる』という乱暴な攻撃だって許容されるのですから。

しかもこちらが手加減をしなければならない一方で、相手はいくらでもこちらへ致死《ちし》攻撃を連発することができます。

今まではそのハンデを差し引いても圧倒できるほどの実力差があったので何とかやってこられましたが、今回の相手はそうもいかないようです。

……じつを言うと、中央司令部上等会議での結論も〝戦わない方がいい〟というものでした。

敵は人族と魔族の戦争のために戦っているというよりは、単純に個人の思惑で私を探しているように見えます。そのため、魔導師候補でもあり帝都の最終防衛ラインでもある私を失うリスクを考えれば、両者の激突は極力避けたいということのようでした。

それにヴェルハザード陛下からも直接、「絶対に無茶は考えるな。自分の命を最優先に考えろ」と有難いお言葉を頂いてます。

しかしそれでも私は……。

「しんぱいしてくれてありがとね、レジィ。でもやっぱり、わたしはたたかおうとおもってるよ」

「ご主人、でもっ……!!」

「それだけすごいあいてがわたしをさがしているなら、いつかみつかっちゃうよ。それに、あいてがいつまでもほんきであばれないともかぎらないしね」

帝都に私がいることを聞きつけた敵が、私を炙《あぶ》り出すために帝都を消し飛ばそうとするかもしれません。

敵が昼間から堂々と姿を現して、「さぁここでは被害が大きくなってしまうから場所を変えましょう」なんて紳士的なことを言ってくれる保証なんてどこにもないのです。

敵が襲撃してきたその時になってようやく戦う意思を見せても、私の家族が住んでいる帝都が戦場ではますます本気が出せませんし……私が帝都にいたせいでたくさんの死人が出れば、私はその精神的ショックによって負けてしまうかもしれません。

それならいっそのこと、万全の態勢でこちらから迎え撃った方がよっぽど安全ですし、精神衛生上よろしいのです。

私だって、戦わなくて済むのなら戦いたくなんてありません。これがお仕事であれば、間違いなくボイコットしているところです。だけどこれは私の意思で、私の守りたい人たちのための戦いです。それならば万全の準備と周到な計画でもって、戦いに臨むまで。

ああ、もう……私ってば前世からまったく成長していませんね。

ですけど今の私が守りたいものは、前世よりも遥かに大きくてかけがえのないもので……そして今の私には、それらを守れるだけの力があるのです。

＊＊＊

私は戦うことを決めると、すぐに行動を開始しました。

まず最初にベオラント城へと足を運んだ私は、その足でセルラード宰相に会いに行きます。

ベオラント城の通路を歩いていたセルラード宰相は、私の突然の訪問を受けて驚いた様子でした。しかし私の表情を見て何かを察したのか、余計な口を挟まずに要件を聞いてくれます。

私は彼に、レジィから聞いた『魔王』の圧倒的な強さのことを説明し、その上で私はソレと戦う覚悟を決めたことも一緒に告げました。

そしてそれにあたって、私は二つほどお願いがあることを打ち明けます。

一つは、すべての戦場へ速やかに伝令を飛ばし、私が一週間後に『魔王』をある場所で待ち受けることを伝えるということ。

もう一つは、それまでの一週間、私が『魔王』との戦いに必要だと判断した人材や道具を、帝国に全面的にバックアップしてもらいたいということです。

「……セフィリア卿、なぜ一週間後という日程なのだ？」

「まぞくはきがみじかいですから、それいじょうはまてないんじゃないかとおもったからです」

「時間を稼ぐというのはつまり、その魔族と戦うための人材や道具を用意するまでの時間かね？」

「いいえ。わたしがよういしてほしいひとやどうぐは、いちにちもあればじゅんびできます」

「では、なぜ一週間の時間稼ぎを？」

「わたしがさがしているじゅもんをみつけるためです」

レジィは私が『魔王』に勝てると言ってくれましたが、しかし私は今のままでは勝算が低いと考えています。だからこそ、きちんとした準備を整えて、綿密な計画を練って、勝算を限りなく百パーセントに近づける必要があります。

本当なら一ヶ月ほど時間を貰いたいところではありますが、それでは痺《しび》れを切らした魔族が再び私を探し始めないとも限りません。もっとも、一週間という時間を『魔王』が待ってくれる保証などないのですが……しかし『魔王』という二つ名を持つくらいですから、泥臭く闇雲に探し回るよりは、確実な場所で悠然と待ち構える方が好きなのではないかと思ったのです。

そしてその一週間というう期限のうちに、『魔王』の強力な攻撃能力や防御性能を攻略する新魔法をいくつも開発しなければなりません。

しかも『魔王』の能力を直接見たことのない私は、その能力を又聞きの頼りない情報から推測して、それらをすべて潰す必要があるのです。

もしもそれができなければ、私は『魔王』にチラッと見られただけで即死してしまいます。なので、絶対にそんな間違いの起こらないように、微に入り細を穿《うが》つような研究が必要とされるわけです。

＊＊＊

それから私はセルラード宰相からの了承を取り付けると、早速必要とする人員や器具の準備に取り掛かってもらいました。

必要なものとはずばり、〝文字が読めて禁書室に立ち入りを許可できる魔術師ないしは学者を十人〟と、〝この世界で使われている化学の実験器具を一式〟です。

用を済ませた私がセルラード宰相にお礼を言って帰ろうとすると、そこで「セフィリア卿」と静かな声色で呼び止められました。

「……どうか、あの子を……ケイリスを悲しませるようなことのないように頼む」

セルラード宰相は五年も前から、ケイリスくんの父親代わりとして彼の面倒を見続けていたと聞きます。ケイリスくんはあまり他人へ感情を見せることはありませんが、それでも彼がセルラード宰相にかなりの信頼を寄せていることはよくわかります。

そしてセルラード宰相からケイリスくんに対しての感情もまた、元主人と元使用人という関係に留まるものではないのでしょう。

「はい、もちろんです」

私は当然のように頷くと、強い口調でセルラード宰相に応えます。

もう二度と、ケイリスくんから身近な人間を失わせるようなことはさせません。

＊＊＊

ベオラント城から逆鱗邸に戻ってきた私はそこで、屋敷の門の前に仁王立ちしている金髪の少女を見かけました。ネルヴィアさんです。

そして私はそんな彼女の表情を見て、彼女がレジィから例の話を聞いてしまったのだということを察しました。

「セフィ様っ！」

私がちっちゃな足でちょこちょこ歩いてくるのを見かけたネルヴィアさんは、腰の二本の剣をガチャガチャと鳴らしながら駆け寄ってくると、そのまま私をきつく抱きしめてきました。

「お、おねーちゃん……」

私が驚いて身動きできずにいると、ネルヴィアさんの腕が微かに震えていることに気が付きました。

頑張って首をひねって見上げてみると、なんと彼女は静かに涙を流していました。

「よかった……セフィ様……!!」

そうしてネルヴィアさんが震える声で安堵《あんど》の言葉を漏らしたのを聞いた私は、そういえばレジィに「ちょっとお城に行ってくる」とは伝えたものの、「戦いは一週間後にする」ということまでは伝えずに家を出たことに思い至りました。

このネルヴィアさんの様子からして、私がお城に寄ったあと、すぐに『魔王』と戦いに行くと思ってしまったのかもしれません。

私は取り乱す彼女を安心させようと、一週間かけて確実に勝てるように準備をすることを伝えました。それから、危険な戦いに行く前にネルヴィアさんへ伝えないなんてありえないことも。

ネルヴィアさんが落ち着くまで、私は彼女へ優しい言葉をかけ続けました。

数分後、ネルヴィアさんがある程度落ち着きを取り戻したため屋敷の中へ移動すると、彼女は開口一番に、

「……セフィ様のお気持ちもわかりますが、やっぱり危険です。私はこの戦いに反対します」

私をギュッと抱きしめたままのネルヴィアさんは、自室のベッドの上でそう呟きました。

……うん、ネルヴィアさんなら絶対にそう言うと思ってましたよ。なんせレジィでさえ「逃げよう」なんて言ってたくらいですからね。

しかしここで戦わないということは、帝国や共和国を見捨てるのと同じことです。いずれ『魔王』が暴れ出した時にも、見て見ぬふりをするということなのですから。

それに今や、私が守りたい人の数はたくさん増えてしまいました。その人たち全員を連れてどこかへ逃げるなんて現実的ではありません。

ネルヴィアさんもそういった事情はさすがにわかっているのでしょう。そして、私がどういった結論を下すのかも。

だから散々悩ましげに唸っていたネルヴィアさんは、やがて絞り出すような声色で呟きました。

「どうしても戦うと仰るのなら、私も連れていってください……！」

彼女のその言葉に、私はどう答えようか迷ってしまいました。

いえ、結論は出ていますから、悩んだのはその結論の伝え方ですね。

私がしばらく複雑そうな表情で押し黙っていると、そんな私の様子から、ネルヴィアさんも私の言わんとしていることを察したみたいでした。それとも、彼女自身も最初からそう思っていたのでしょうか。

「足手まとい……なんですね」

「………」

私は肯定も否定もせずに、黙って真っ白なシーツの皺《しわ》に視線を落としました。

それからネルヴィアさんの私を抱く力が強まったのを感じて、気持ち程度のフォローを試みます。

「おねーちゃんだけじゃないよ。レジィも、ルローラちゃんも。ボズラーさんたちも……まどうしさまたちだって、わたしはついてきてほしくない」

諜報や潜入が主な任務らしいルルーさんや、後方支援の要《かなめ》らしいマグカルオさんだって、まともに戦っていい相手ではないと思うのです。

戦闘特化であり人族最強のリュミーフォートさんならわかりませんが……しかし彼女は

今、ずっと離れた最前線の戦場にいるらしいです。

それに何より、その戦いにおいて私が用いる魔法は〝回避不可・防御不能・超広域攻撃〟が主となります。敵が使ってくる攻撃も似たようなものでしょう。なので、実力以前の問題として、誰かと共闘するなんて土台無理な話であるわけでして。

しかしそれでもネルヴィアさんは、私と共に戦えないことが悔しいみたいで……抱きしめられた私が彼女を見上げると、私の頬にぽたりと雫が落ちました。

ネルヴィアさんも今や竜騎士と呼ばれるほどの実力者なわけで、今回の敵が例外というか規格外すぎるだけなので、そこまで気に病む必要はないと思うのですが……。

私はどんな言葉をかけたものかしばらく悩んでから、やがてそっと口を開きました。

「おねーちゃん。わたしと、むらではじめてあったときみたいだね」

その言葉に、ネルヴィアさんはハッとしたように息を呑みました。ネルヴィアさんが私の村へ左遷されてきた当初も、こんな風にぐすぐす泣いてばかりいたように思います。

あの頃の泣き虫お姉ちゃんが帰ってきちゃったのでしょうか？　……まぁ、これもこれで可愛いんですけどね。

でもやっぱり……。

ネルヴィアさんが私を抱く力が少し弱まった隙に、私は彼女の顔に手を伸ばし、その目尻を指でそっとぬぐいました。

「ネリーはわらってるほうが、ずっとすてきだよ」

まるで軟派《なんぱ》男のような口説き文句と共に、私はさりげなくネルヴィアさんを、彼女のお父さんが口にしていた愛称で呼んでみました。彼女の家族だけが口にする愛称で、です。

するとネルヴィアさんは見る見るうちに顔を真っ赤に染めあげて、泣いているのか笑っているのかわからないおかしな表情になっちゃいました。

それからネルヴィアさんは私をベッドの縁《ふち》に座らせると、まるでレジィみたいにベッド脇の床にペタンと座り、そして私の胸に抱き付いてきました。

ぐりぐりと私の胸に顔を押し付けている様子からして、さっきのは相当嬉しかったようです。彼女の身体からちっちゃなハートがふわふわ飛んでくのが見える気がします。

……もうすぐ私たちが出会って一年になるけど、まだまだ甘えんぼさんなんだから。

私はさっきまでのお返しとばかりに、ネルヴィアさんの頭を思いっきりぎゅーっと抱きしめました。

そして私はさらに、共和国の首都プラザトスでネルヴィアさんが私を黙らせた魔法の言

葉をお返しします。

「だいちょうぶ、まけないよ。おねがい、わたしをしんじて」

するとネルヴィアさんはハッとしたように肩を震わせて……それから潤んだ瞳を上目遣いにさせながら、ちょっぴり唇を尖らせました。

「……ずるい、です」

そう言って再び私のお腹に顔をうずめてしまったネルヴィアさんに、私は彼女の頭を優しく撫でながら苦笑しました。

＊＊＊

ある日の夕方、私は帝国図書館の日当たりの良い窓際で、優雅に読書と洒落込《しゃれこ》んでいました。……その本というのが禁書室から続々と運び出されてくる魔導書でなければ、心温まる日常の風景だったのですが。

本来であれば禁書室にある本はすべて持ち出し厳禁なのですが、今回は特例として帝国図書館を完全貸し切りにすることで、薄暗い地下書庫から魔導書を地上に持ち出すことが実現しています。

現在、セルラード宰相が厳選して信用できると判断した、かなり上級の魔術師や研究者さんたちが私の周りに集まっていました。人数の希望は十人で出したのですが、今回はスケジュールの都合で七人だけです。

彼らには私から、「こういう呪文を探してください」とリクエストを出しています。まぁ普通の人にとっては呪文の解説文でさえも難解ですから、なんとなくそれっぽいなと思ったら余さず私に報告してくれるようお願いしてあります。また、よくわからなかったり文字が掠《かす》れていて読めない場合もとりあえず私の目を通すように指示しています。

この世界の呪文は、私の前世におけるプログラミングとかなり似通ったところがあります。だからこそ、私が前世の知識を元に探している呪文も、きっと探せばあるに違いないと考えたのです。

すでに前線のすべての戦場には伝令を飛ばして、『魔王』との決闘の通達はしてあります。『魔王』が私の居場所を片っ端から訊ねて回っているのなら、そう遠くないうちに私からのメッセージが耳に入るはずです。しかしそれも確実というわけではありませんから、万が一ということを考えて、なるべく早く目的の呪文を探し出さなければなりません。

そのため私は昨日の朝からこの図書館に籠り、かれこれ三十時間ほどぶっ続けで魔導書と睨めっこをしていました。頭脳労働の研究職とはいえ、私に付き合わせている魔術師や研究者さんたちはゾンビのような顔をして働いています。

……あれ？　ちょっとくらい休憩した方がいいかな？　あんまり根詰めすぎても作業効率が悪くなっちゃうでしょうし。

と、そんな時。

「セフィリア！」

図書館の扉が開かれたかと思うと、その向こうからボズラーさんが姿を現しました。

いったい何の用でしょう？　ご飯はケイリスくんが持ってきてくれてますし、そもそもまだそんな時間じゃありませんし。

でもちょうど良いタイミングだったので、私は呪文探索隊の皆さんに「ちょっと、きゅうけいしまーす」と呼びかけました。すると皆さん、糸が切れたようにテーブルに倒れ込んで動かなくなってしまいます。……あれれ、皆さんそんなに疲れてたの……？

私はこちらへ歩み寄ってくるボズラーさんに向き直ると、まず念のために一つ確認してみました。

「ここ、かんけーしゃいがい、たちいりきんしだよ？」

「わかってる。許可は取った」

ボズラーさんは前髪がかき上げながら私の傍までやってくると、私の周りで死んでる人たちを見てギョッとします。

「……おい、昨日の朝からこの図書館を使い始めたんだよな？　その後、最後にここから出たのはいつだ？」

「まだでてないけど？」

「一回も!?　おい丸一日以上ずっとここで作業してんのか!?」

「うん、そうだよ？」

何を驚いているんだろう、と思って小首を傾げた私でしたが、しかし言われてみればおかしいような気もします。そろそろ睡眠休憩を取らせた方がいいのかな？

「で、なにかよう？」

「……あ、ああ……早速お前の思い通りになったみたいだぜ。例の『魔王』とかいうのが、餌《えさ》にかかった」

「えっ！」

「お前からの通達をその女に伝えたら、そいつは嬉しそうに笑って魔族領の方に飛んでったらしい」

では、一週間の時間稼ぎには成功したわけですね。

これで「一週間なんて待ちきれーん!!」とか言って暴れ出されたらどうしようかと思いました。最悪、この図書館内の時間の速度を百倍にして、某戦闘民族の修行部屋みたいにしちゃおうかと思ってましたが、その必要はないようです。

ひとまず第一段階はクリア……これで呪文を探す時間や対策を練る時間がかなり確保されましたね。

「わざわざありがとね。でもどうしてボズラーさんが？」

私はボズラーさんにお礼を言いつつも、ふと頭をよぎった疑問を投げかけてみます。べつにこのくらいの伝言、いつものセルラード宰相ならケイリスくんを伝令役にさせるのに。

私の疑問に、ボズラーさんはちょっとバツが悪そうに顔を逸らして頬を掻きながら、

「……その、なんだ。生徒たちがお前のこと心配してたな。様子を見に来たっていうか……」

あー、なるほど。いきなり私の都合で学校を一週間も自習にしてボズラーさんに丸投げしちゃったわけですから、そりゃあ何事かと思いますよね。

『魔王』についての詳細は、ごく一部の人にしか知らされていません。ボズラーさんにも「かなり強い敵と戦う」くらいしか伝えていませんし。

でもドラゴンだって瞬殺できるだろう私が、一週間もガチで準備するくらいの相手となったら、ちょっと不安にもなっちゃいますか。

「だいちょうぶだよ。みんなにはしんぱいないよって、つたえといて」

「お、おう……わかった」

私の家族ならともかく、私なんかのことでボズラーさんにまで面倒をかけてしまったのは本当に申し訳ないと思ったので、私は素直に頭を下げることにしました。

「ごめんね、こんなことのためにあしをはこんでもらっちゃって」

「いや、こんなことって……今回の敵は強いんだろ？」

「うーん、まぁ、ちょっとね」

やっぱり今回の件はこれまでとレベルが違うっていうのはバレちゃってますか。じゃあ無理に安心させようとして余裕ぶるのは逆に不安にさせちゃうかもしれませんね。

「もしわたしになにかあったら、わたしのかぞくと、せいとたちのこと、よろしくね」

「なっ……なにかってなんだよ！　おい、そんなにヤバイ敵なのか⁉」

そりゃもうヤバイですよ。なんたって『魔王』とか呼ばれてるらしいですよ。ラスボスですよ、ラスボス。

あれ、そういえば私って『勇者』ってことになってるんでしたっけ？

えっ⁉　じゃあこれって人族と魔族の、事実上の頂上決戦みたいなものなんですか⁉

これって下手したら、戦争の行く末を左右しかねない戦いですよね……？

「……お前一人で戦わなくちゃダメなのかよ？」

「わたしのまほうにまきこまれても、しなないひとだったら、つれてってもいいんだけど」

私がそう言うと、ボズラーさんは俯いて黙りこんでしまいました。

ちょ、ちょっとマジにならないでくださいよ。ちょっとしたジョークじゃないですか。

「ふふっ。まさかとはおもうけど、わたしのことをしんぱいしてくれてるの？」

私はちょっと冗談めかした感じで、ボズラーさんの真剣なトーンを茶化してみました。

今は皇帝陛下直々の命令で一緒にお仕事をしているとはいえ、ボズラーさんにとって私は憎き相手です。自分が苦労して登り詰めた魔術師という地位に突然居座ってきて、御前試合では吹っ飛ばされて恥をかかされただけでなく大怪我までさせられたのですから。

私はボズラーさんが怒りながら「そんなわけねーだろ！」と言い返してくる前に、「なんてね。うそうそ」と言って肩を竦めました。

「とにかくごくろうさま。おかげでわたしもけんきゅうにせんねんできるよ、ありがとね」

私に労われたボズラーさんは、なんだか浮かない表情で小さく頷きました。……なにさ、そんなに怒ってるの？　やだなぁもう。

それから彼はしばらく黙りこんでいたかと思うと、何かを言おうとして……けれども結局は何も口にすることなく唇を引き結びました。

「……じゃあ、またな」

「うん、ばいばい」

ボズラーさんは私の返事を聞いた瞬間、また何か言いたげな表情を浮かべました。

けれどもやっぱり何も言わずに、とぼとぼと帰っていっちゃいます。

……と、思いきや。

ボズラーさんは突然踵《きびす》を返したかと思うと、ズカズカと大股でこちらに戻ってきました。

「セフィリア！」

「な、なに……？　どうしたの？」

なんだか鬼気迫る表情のボズラーさんは、しばし逡巡《しゅんじゅん》した後……。

「かっ……勘違いするなよな。べつにお前のこと、嫌いってわけじゃないんだからな！」

そう言うと、ボズラーさんは呆気にとられる私を置き去りにして、今度こそ早足で図書館を後にしました。

ええ……？　なに今の？　逆ツンデレ？

「……えっと、じゃあそろそろきゅうけいをおしまいにしましょう」

いろいろ思うところはあったものの、まぁそれは後で本人に聞けばいっかと判断した私は、呪文探索隊の皆さんに作業の再開を呼びかけました。

すると虚ろな目をした皆さんから、「…………はい」という掠れた返事が返ってきます。

あれ……？　なんか皆さん、前世の鏡で見たことある目をしてますよ？

あ、そうだ！

「もうちょっとしたら、いったんきりあげておうちにかえりましょうか？」

その言葉に、探索隊の七人全員が〝ガタッ！〟と立ち上がりました。

うんうん、やっぱりゴールが見えないマラソンは辛いですもんね。きちんと〝あとどれくらい走ればいいのか〟を教えてあげなければなりません。

「じゃあ、あと8じかんくらいしたら、きょうはおしまいにしましょう！」

キラキラと輝いていた皆さんの瞳が、直後すごい勢いで澱んで光を失いました。

あ、あれれー？　八時間は長かった？　じゃあ六時間！　ああっ、みんな無言で血の涙を流し始めちゃってる⁉　ダメなの⁉

＊＊＊

その後、結局三時間ほど作業を続けていたところで目的の呪文が見つかったため、その日の呪文捜索はそこでお開きにすることにしました。作業終了を告げた瞬間、皆さん結構いい歳なのにすっごいはしゃぎようでした。

しかし「じゃあ、3じかんごにまたここで」と言ったら、みんな灰色になって白目を剥《む》いちゃいましたけど……。

そして解散から一時間後、なぜかわざわざ私のお屋敷に直接出向いてくださったセルラード宰相が、人員を三倍にするので八時間ごとにローテーションしてくれとお願いしに来ました。

べつに良いですけど、でもそれなら二十人でずっと働いてもらったほうが効率的じゃないですか？　え、ダメ？　あ、そう。

逆鱗邸の自室で作業に没頭していた私は、控えめに扉がノックされる音で顔を上げました。

「お嬢様、失礼します」

そんな断りとともに足音もなく入室してきたのは、我らが万能執事のケイリスくんです。

彼の手には、私の大好きなお菓子が盛られたお盆が載せられていました。どうやら三時のおやつの時間みたいです。

私は執務机の上で電気を流しているビーカーや試験管をガガーッと脇に押しやりながら、

「わぁ、クッキー？　ありがとう！」

「いえ……」

ケイリスくんは表情を変えずに短く返事をしながら、チラリと私の部屋を見渡しました。

現在、私の部屋には呪文を走り書きした紙片や、魔導書を転写した紙束などで雑然と散らかっています。

そんな散らかりようをしばらく無言で見つめていたケイリスくんは、おそらく執事としての習性でベッドの上に散らばった紙に手を伸ばして……。

「あぁっ、だめ!!」

「！」

そして思わず叫んだ私の声に、ケイリスくんはビクリと肩を震わせました。

「それ、ちらかってないから！　ちゃんといみがあるはいちだから！」

「そ、そうだったんですか、すみません……」

「ううん、わたしこそびっくりさせちゃってごめんね？」

私は結構、部屋が汚いタイプの人間です。片付ける時は塵《ちり》一つ残さないくらい徹底的にやるのですが、それ以外の時って結構さぼりがちになっちゃうんですよねぇ。

でも仕事机とかの作業スペースは、汚いように見えて計算され尽くした配置なのです！　あらゆる用途やシーンに対応できるように最適化されているのです！

……でも普段はそもそも仕事なんてしないので、綺麗好きなケイリスくんが勝手にお掃除してくれるのは大助かりです。

というか、助かりすぎてダメになっちゃいそう！　私は家事全般をケイリスくんに依存していたので、もう彼がいない生活は考えられません。人をダメにする執事です！

ケイリスくんが執務机の隅に置いてくれたクッキーを一枚手に取った私は、早速口に放り込みました。もぎゅもぎゅ。

「……うん！　いつもながら、すっごくおいしいよ」

「ありがとうございます」

私の絶賛にも顔色一つ変えないケイリスくんは、小さくお辞儀をしました。

お菓子だけじゃなくてお料理も絶品ですし、もう私の胃袋はすっかり掴まれちゃっています。その他の家事も完璧ですし、もう言う事なしですね。

「ケイリスくんがいると、けっこんがんぼうがなくなっちゃうよ」

私が少し冗談めかしてそう言うと、ケイリスくんは片眉を〝ぴくっ〟と反応させました。

「……光栄です。でもお嬢様が結婚について考えているとは意外ですね」

「そう？　わたし、けっこうきにしてるよ？」

私は家族大好き人間なので、いつか自分の家庭も持ってみたいと思っています。もちろん、今の私の家族や、私が勝手に家族だと認識してる子たちのことも愛してますけど。

なので、私もいつか結婚とかするのかな～、なんて思ったりすることも稀《まれ》ではなかったりするわけで。

「ねぇねぇ、わたしはけっこんできるとおもう？」

「お嬢様にそのつもりがあるなら、間違いなくできると思いますよ」

ケイリスくんがあまりに確信じみた断言をしたので、私はちょっと面食らってしまいました。

「そ、そうなの……？　きぞくだから？」

「貴族であることもそうですし、世界屈指の魔術師ですからね。たとえ世界の情勢がどうなろうと絶対に食いっぱぐれることはありえません。それにお嬢様はお金や名声にすこし無頓着すぎますが、もし本気でそれらを得ようとしたら簡単に手に入れられる立場のお方ですから」

「えぇ～？　それはちょっとおおげさじゃない？」

「これでも控えめに言ってるんですけど」

うーん、ちょっと身内の贔屓目《ひいきめ》フィルターがかかりすぎじゃないかなぁ。もちろん嬉しいけどね？

でもたしかに、私が食いっぱぐれることはなさそうですね。魔法を使えばどんな仕事でも数千人分くらいの働きができちゃいますし。……だからって働こうとは思いませんけど。

「さすがにお嬢様はまだ一歳ですから縁談は来ていませんけど、きっと三歳くらいになったらそういう話も持ちかけられると思いますよ」

「3さいで⁉」

「ええ。それにお嬢様は今でも大人並みの知性と精神年齢ですから、縁談相手は子供だけじゃなくて大人からも選出されるでしょうね」

ああ、それはたしかにありそうですね。というか私は中身の年齢のせいか、うちのお母さんでさえ子供にしか見えないんですよね。いやお母さんの見た目のせいっていうのも大いにありますけど。

仮に私の肉体年齢に合わせた縁談相手が選ばれても、その子と本気で恋愛ができるビジョンが浮かんできません。

「……そうかんがえると、なんかちょっといろいろメンドーかも」

「まぁ普通は成人する前後で考えることですから、あと十年以上も先の話です。今はあまり考えなくても良いと思いますよ」

「ちなみにケイリスくんは、けっこんとかかんがえてないの？」

「えっ……！」

何気なく私が発した質問に、ケイリスくんは大袈裟なくらいの驚きを示しました。それとほんのりほっぺが赤らんでいます。

あれれ？　この反応、もしかして……？

それからしばらく言葉を選ぶように黙りこんでいた彼は、珍しくごにょごにょと小さな声で、

「……け、結婚までは考えていません……恐れ多いですし」

恐れ多い？　結婚が恐れ多いってどういうこと？　相手はすごい偉い人なの？

思わず小首を傾げた私の視線から逃れるように、顔を逸らしたケイリスくんが大きな声で話題を変えました。

「そ、それはともかく！　お嬢様、探していた呪文は見つかったそうですが、これで『魔王』とやらには勝てそうですか？」

「かてるかどうかは、まだなんとも。でもわたしがしんじゃうかのうせいは、これでだいぶへったかな？」

私が率直な感想を述べると、ケイリスくんは神妙な面持ちで「……そうですか」と呟きました。

「お願いですから、どうかご無事で……。もしもお嬢様が逃げると言い出しても、ボクは喜んでついていきますから」

「……ありがと、ケイリスくん」

きっと今の私の仲間たちなら、本当に私が逃げ出すと言ってもついてきてくれるでしょう。

でも、彼らにも大切な家族や仲間たちがいるわけで、でもその人たちみんなを連れていくことなんてできっこありません。……ですから彼らを心から大事に思っている私が、そんな辛い選択を彼らに強いるつもりも当然ながら皆無なわけで。

私の仲間の大切な人は、つまり私の大切な人でもあります。

だからみんな、私が守ってみせるのです。

第三章　一歳七ヶ月　勇者と魔王と頂上決戦

存外、一週間なんて時間はあっと言う間に過ぎ去ってしまうものです。

特に平穏暢気《のんき》で怠惰な生活にすっかり染まっていた私にとって、忘れかけていた前世でのライフサイクルに再び身を投じた日々が過ぎゆくのは、あまりに早すぎました。

『魔王』との決戦は今日。約束の時は、陽が私たちを真上から照らす時刻です。現在は早朝で陽が昇ったばかりですので、まだ数時間は余裕があります。

目的地までの移動には一時間ほどを見ておりますので、私はまだ残されている時間をできるだけリラックスして過ごすことに努めました。

数ヶ月ぶりに六時間もぐっすりと寝た私は、まだぼんやりと霧《きり》がかかっている頭を抱えたままリビングへと移動します。すると珍しく、現在逆鱗邸に住んでいるほぼ全員がそこに集合していました。

いつも早起きなケイリスくんはもちろんのこと、ネルヴィアさんやレジィ、お母さん……それからいつもはベッドから蹴落としたって意地でも起きないルローラちゃんまでもがテーブルを囲んでいます。

そんな驚きの光景を見た私は、みんなが口々に朝の挨拶をしてくれる中、目をぱちくりとさせて固まってしまいました。

しかし今日という日にわざわざこうして早起きをしてくれている理由は、私の自意識過剰でなければ一つしかないでしょう。

「おはよう、みんな」

私は嬉しくなってニコニコと笑みを浮かべつつ、私専用のベビーチェアにちょこんと腰掛けました。

全員の表情を見渡すと、みんなどこかそわそわと落ち着かない様子です。まぁ、みんなに心配をかけないように平然とした態度を装ってはいますが、じつは私が一番緊張してるんですけどね……。

今まで私が戦ってきた敵を『丸めた新聞紙を装備した幼稚園児』とするなら、今回の敵は『機関銃を装備した兵士』って感じです。こちらもバッチリ完全武装をしているとはいえ、決して油断ならない相手です。下手をすればただでは済まないどころか、あっさりと死んじゃう可能性だってあります。

しかし敵が途轍《とてつ》もない実力者で、かつ気まぐれに戦場の前線を飛び回っているという、かなり危険な状況のせいで私も戦わざるを得ません。もしも敵の気が変わって戦場で暴れ出されたら、せっかく膠着している戦線が息を吹き返すばかりでなく、人族の戦力の半分くらいが消し飛ぶことになるでしょう。

そしてその消し飛んだ中には、今も命を懸けて戦ってくれているであろう、私のお父さんもいるかもしれないのです。もっと言えば、ネルヴィアさんのお兄さんたちや、魔導師様たちだっているかもしれません。

敵はあまりに強大で、過去最強の敵というよりはむしろ、まだ私が戦ったことのない魔族たちを含めたとしても最強かもしれません。

そしてそれは私の勇気や覚悟を萎縮《いしゅく》させると共に、ささやかな希望を託してもくれるのです。

こいつさえ倒せば、もう魔族を恐れる必要はない、という希望を。

実際には『魔王』を除いた他の魔族たち全員に囲まれたらさすがに苦しい戦いになるでしょうが、それでもレジィ曰く魔族の中で最強と名高い『魔王』を一騎打ちで打倒することができたのなら、もう魔族との戦いにおいてはほとんど怖いものなしのはず。

なんなら、自分たちの切り札が破られたと知った魔族たちが戦意を喪失する可能性すらあるのではないでしょうか。

それはもう、ほとんど戦争の終結に王手をかけたようなものです。一回だけ……たった一回だけ大きなリスクを背負って戦場に立ち、後のリスクをすべて摘み取る。ハイリスクに見合ったハイリターンと言えましょう。

元より回避することのできない戦いなのであれば、いっそ開き直ってこの機会を最大限生かす可能性を模索《もさく》するのが賢い生き方だと思うのです。

まぁ、それでも怖いものは怖いです……それは間違いありませんけどね。

「………………」

そして私はいつもお兄ちゃんが座っている椅子をチラリと見て、深々と溜息をつきました。

……二日ほど前、「もしも戦いにいくならセフィとは絶交だ」と言い渡されてから、それっきり一度もお兄ちゃんとは顔を合わせていません。噂によるとボズラーさんのおうちに泊まっているみたいです。

うああ～あぅあぅあぅ……お兄ちゃんホントに絶交するつもりなの本気なの？　そりゃ「セフィを守る」っていうお父さんとの約束もあるし、そもそもお兄ちゃんが毎日脳みそ振り絞って勉強してるのは私を危険な目に遭わせないためで、だから私が超強い敵と戦いに行くのなんて絶対に認めるわけにはいかないだろうけどさぁ～……。

私が憂鬱に苛《さいな》まれてぐったりしていると、お母さんが金髪のセミロングをさらりと耳にかけながら、困ったように笑いました。

「ログナのことなら大丈夫よ。あの子だって本気じゃないわ」

「でもぉ……」

「前に魔導書を持っておうちを飛び出しちゃった時みたいに、セフィのことが心配すぎて無茶しちゃってるだけだもの。だから大丈夫」

そう言ってにっこりと笑うお母さんの顔を見ていると、私は少しだけ心が落ち着いてきたような気がします。

そっか、お兄ちゃんってば不器用だもんね。自分でも合理的じゃないって思いつつも、居ても立ってもいられなくってそんなことしちゃったのかな……？

でもそれなら、お母さんだって今回の私の行動は面白く思ってないんじゃないかな？なのにお母さん、今日まで文句の一つも言わずにニコニコして……なんでなんだろう？

そんな疑問が私の表情に出ていたのか、お母さんは私の考えを見透かしたような答えを返してくれました。

「セフィの性格は、パパ似だものね」

「……え？」

「一度こうと決めたら曲げないし、責任感の塊だから自分の危険も顧《かえり》みずに誰かのために動いちゃう……でしょ？」

いいえ、私は無責任だと思いますよ？　適当な性格ですし……。

でもお母さんはそうは思っていないらしく、嬉しそうに言葉を続けます。

「セフィがパパに会いたい、帰ってきてほしいって連絡しても、パパが戦場から帰ってこない理由。セフィも聞いたでしょ？」

「う、うん……なかまをおいて、じぶんだけきけんなせんじょうからはなれるなんてできない……って」

「セフィが今回、戦いに行く理由と同じじゃない。どんなに危険でも、大事な人のために戦うって」

お母さんがそう言うと、ネルヴィアさんやレジィ、ケイリスくんやルローラちゃんが微笑ましげな表情で私を見つめてきました。

私は「うっ……」と言葉に詰まりながらも、申し訳なさのあまり小さくなった声で訊ねました。

「……でも、ほんとはヤだよね……？」

「セフィが危ないことしたり、痛い思いをするのはもちろんイヤよ？　でも、セフィが戦いに行くこと自体は、イヤじゃないわ」

「え？」

「大事な人が危なくなったら、危険を押してでも走り出しちゃう……私はパパのそんなところが好きになったから結婚したんだもの。そんなパパと同じ決断と行動ができるセフィのことを、私は心から誇りに思っているわ」

お母さんのその言葉を聞いた瞬間、私は鼻の奥のツンとした痛みと共に、ぶわっと涙を浮かべてしまいました。

体重を即座に減算した私は椅子を蹴ると、そのままテーブルを挟んだお母さんの胸へと一気にダイブします。

「おかあさぁぁああああん!!」

「あら！　セフィの方から抱き付いてくれるなんて、珍しい……！」

私はお母さんの発展途上胸部に顔をうずめて、全力でぎゅーっと抱き付きました。そんな私のことをお母さんも力強く抱き返してくれて、しばしそのまま抱擁《ほうよう》し合います。

私はぐすぐすと鼻をすすりながら、

「おかあさんは、おかあさんのかがみだよぉ……！　それにさいこうのおよめさんだよ！」

「うふふ、ありがと。セフィもきっと立派なお嫁さんになれるわ」

嬉しそうなお母さんに頭を撫でられたところで、私もそろそろ朝ごはんを食べることに

しました。

今朝のごはんはなんだかあまり見たことのない食材と料理で、でもたしかイースベルク共和国を旅している時に、どこかでちょっとだけ見た覚えがあるような気がするものでした。ちなみにケイリスくんのいつもの料理は帝国風なので、共和国風の料理はかなり珍しいのです。

私は彼に「これ、イースベルクのおりょうり?」と聞いてみると、ケイリスくんは気まずそうに「ま、まぁ……」とそっぽを向いてしまいました。……もしかすると、この料理にもなにかしらの意味があるのかもしれません。共和国では戦いの前のゲン担ぎに食べる料理、みたいな。

＊＊＊

それからは、ネルヴィアさんとレジィが珍しく喧嘩することもなく私を可愛がってくれたり、ケイリスくんが髪を梳いてくれながら、「あ、あの……三つ編みにしても良いですか……?」と遠慮がちに聞いてくるのにほっこりしたりして、穏やかな時間を過ごしていました。

途中、今やすっかり大人の肉体になったルローラちゃんが真面目な表情で、「勇者さまの命って、多分勇者さまが思ってるよりずっと重いよ」などと言って抱きしめてくれたのがちょっぴり驚きでした。

やがて出発の時刻が近づくと、私はこの一週間で開発した魔導具の数々を外套の内側に詰め込んで、武装を完成させました。……なるべく生物相手には使用したくないものもたくさんありますが、相手が噂通りかそれ以上の強さだったらそう甘いことも言ってられません。

積極的に相手の命を奪おうとするような魔法はやはり禁じていますが、それでも今回は〝相手が『魔王』じゃなければ余裕で死んでる〟くらいの魔法はバンバン使っていく所存です。

＊＊＊

それから私は逆鱗邸の庭に出ると、お見送りに出てきてくれたみんなを振り返って、小さく手を振りました。

「それじゃあ、いってくるね！」

私の言葉に、みんな口々に「行ってらっしゃい」という返事を元気に返してくれました。

さて、それじゃあ行きますか……と私が空へ飛び立とうとした、その直前。

「セフィ！」

逆鱗邸の庭から外に通じる門の辺りで、聞き馴染みのある声が響きました。私が驚いて振り返ると、なんとお兄ちゃんが駆け寄ってきて、そのまま私に激しく抱き付いてきました。

「お、おにーちゃん……？」

私が目を白黒させていると、同じく門から庭へ入ってきたメルシアくんやヴィクーニャちゃん、リスタレットちゃんが駆け寄ってきて、私を取り囲みます。

さらにその向こうからは、ボズラーさんやクルセア司教、しまいにはヴェルハザード皇帝陛下やセルラード宰相までもがこちらに歩いてくるのが見えました。

え、えっと……もしかしてみんな、お見送りに来てくれたの？

私が言葉を発せずに固まっていると、「先生！」「先生……」「先生っ！」と、私の生徒たちが心配そうに私へと呼びかけてくれます。

ああっ、なんかコレすごい幸せな気分！　卒業式の時の先生ってこんな感じなのかなぁ

……⁉

そして私を苦しいくらいに抱きしめたお兄ちゃんが、

「ぜったい、ぜったい無事でかえってこいよっ！　ぜったいだぞっ‼」

「……うん。がんばるね」

そんな風に涙声で怒鳴るお兄ちゃんを、私は思わずうるっときながら抱き返しました。

できればずっとこうしていたかったのですが、待ち合わせの時間もありますので、私は名残《なごり》惜しい気持ちを抑えながらお兄ちゃんから離れます。

それから改めて私を見送りに来てくれた人たちにお礼を言うと、私はふわりと身体を浮かせながら、努めて元気な声を発しました。

「いってきます!!」

直後、私は帝都が一望できるくらいの高さへ飛び立つと、そのまま目的の場所である決戦の地の方角を見据えました。

魔王さん。今日の私は、すごく強いかもしれないよ。

＊＊＊

人族領と魔族領の境界。戦線の空白地帯……『彼岸帯《ひがんたい》』。

そこは帝都ベオラントと魔族領中央をまっすぐに結んだ中間地点に存在している、幅数十キロに及ぶ帯状の荒漠《こうばく》地域です。

日差しが強く、ひび割れた赤い大地が延々と続いている荒涼としたこの土地は、人族にとっては地盤が緩いせいで建築物を建てることができず、魔族にとっては土地が枯れているせいで食物を得ることができません。

逆に言えば、この彼岸帯沿いであれば要塞を建てたりお腹いっぱいで待ち受けたりできるため、彼岸帯の中央でぶつかり合うというシチュエーションでもないかぎり、先に手を出した方が圧倒的に不利となるわけです。なんせ、武装や食料を抱えて数十キロも、日差しが強くて足場の悪い土地を踏破《とうは》しなければならないのですからね。

そんな行軍に不利な環境であるため、人族も魔族も彼岸帯からは攻め入ることはせずに、もっと侵攻難度の低いところへ流れていくことになります。もちろん、流れたその先の侵攻難度が低いのはお互い様なので、互いにそこへ兵力を結集させるため戦いはむしろ苛烈《かれつ》になるそうですが。

そして私は現在、その彼岸帯の中央辺り……見晴らしのいい平坦なこの土地において唯一と言える、巨大な岩山の頂上に立っていました。

普通の生物にとっては彼岸帯を行軍《こうぐん》するだけでも辛いのに、巨大な山の頂上に辿り着くような物好きなんて過去にいたのでしょうか？　もしかして人類初？

……とはいえ『勇者』などと持て囃《はや》されている私や、『魔王』などとまことしやかに噂されている敵にとって、この程度は朝飯前の芸当ですが。

「お前が噂の〝シャータンドラゴン〟か」

「へぇ〜、ちっちゃいね。思ってたのと違ったなぁ」

バサリという音に私が振り返ると、そこには翼を生やした二人組が、ちょうど山頂に降り立ったところでした。

振り返る前から、その二人の接近には気が付いていました。その感覚は初めてでしたが、これが魔力による〝殺気〟というやつなのでしょう……近づかれただけでゾクリと鳥肌が立ちました。

しかしそれはお互い様らしく、

「けどまぁ、実力は本物みたいだな」

「うん。こんなありえない魔力、初めて見たよ」

一人は癖《くせ》の強い銀髪のショートカットに、気の強そうな鋭い碧眼《へきがん》を備えた少年でした。いいえ、一見すると性別不詳な外見なのですが、上半身裸で胸がぺったんこなのできっと少年でしょう。下半身は、長い足を覆うピッチリとした黒いパンツにブーツという出で立ちでした。

もう一人は、サラサラとしたロングの金髪に、優しげな紅い瞳を備えた少女でした。こちらは太ももまでの丈しかない真っ白なネグリジェを纏っており、そこから伸びるしなやかな足は素足かつ裸足で、ネグリジェを持ち上げる胸部が女性らしさを主張していました。

そして二人とも、少年の方は真っ黒な一対の翼を、少女の方は真っ白な一対の翼をそれぞれ生やしていました。さながら天使と堕天使のようです。

……しかし翼が〝一対〟というのはどういうことでしょうか。話によると『魔王』は一人で、白と黒の〝二対〟の翼を生やした少女だと聞いていたのですが……。

「……どっちが『まおう』なの？」

私が二人にそう問いかけると、黒い少年と白い少女は目を丸くして顔を見合わせました。それから少年は堪えきれないといった風に吹き出して、少女は無言で苦笑します。

「『魔王』ってのは二つ名のことか？　そんなダサい名前で呼ばないでくれよ。俺の名前は『エクスリア』」

「で、ボクの名前は『ネメシィ』。物騒な二つ名で呼ばれてるのは、エクスリアの方かな」

私は二人が意外と気さくな性格であったことに少し面食らいながらも、問いを重ねます。

「……わたしのなまえはセフィリア。それで、たたかうのはふたりいっしょに？」

その問いには、エクスリアという少年が何かを言いかけたのを遮るようにして、ネメシィという少女が「まさか！」と声を荒げました。

「ボクはエクスリアがまた無茶しないか見張るためについてきただけで、戦うつもりなんてないよ！　そもそもボク、戦うのって好きじゃないし！」

「うるせーな、無茶ってなんだよ。そんなことした覚えはねぇよ」

「こないだ竜族に喧嘩を売って、竜王を殺しかけたじゃない！」

「あれは向こうから絡んできたんだっつーの！」

「何か言われても我慢すればいいでしょ!!」

「なんで雑魚《ざこ》のやることに我慢しなきゃなんねーんだよ!!」

二人は私の存在なんて忘れたかのように、鼻がくっつきそうな距離で口喧嘩を始めてしまいました。

……とにかく、戦うのは黒い方だけみたいです。まだ騙し討ちとかは警戒しないといけませんが、白い方は魔族にしてはまともな感性をしているようで少しだけ安心しました。

とはいえたった今〝竜王を殺しかけた〟とか物騒なワードも聞こえてきましたし、黒い少年だけでも十分に危険であることには変わりないようです。気を引き締めていかなければなりません。

しばらくすると二人の言い合いは終わったらしく、エクスリアが私に顔を向けました。

「はぁ……じゃ、ぼちぼち始めるとしようか。……っと、忘れるとこだった！　その前に、お前に一つ質問があるんだよ」

私が首を傾げると、エクスリアは少し真面目な表情で口を開きます。

「お前さ、今まで負けたことあるか？」

「え……ない、けど」

「そっかそっか。じつは俺も負けたことがねーんだ」

それから続けてエクスリアが、私に問いかけてきます。

「なぁ、人間。戦いが楽しいって感じたことはあるか？」

「……ううん、べつに」

「俺もだ。他の魔族たちは戦いが楽しいとか言ってるが、俺はそう思ったことがねぇ。なんせ今まで〝戦い〟になったことがないからな」

噂によると相手を一瞥《いちべつ》しただけで即死させられるという彼が戦いを満喫できるとは、確かに思えません。強さが絶対正義である魔族の中においても、どうやら強すぎるというのは不幸であるようです。

「だからお前の噂を聞いてから、ずっと戦いたかったんだ。もしかしたら俺に、戦いの楽しみを教えてくれるかもしれねぇと思ってな」

「わたしはたたかいをたのしみたいとおもったことはないよ。せんそうだって、はやくおわってほしいとおもってるし。ハッキリいってめいわくなんだけど」

「まぁそう言うなよ。じゃあ、お前が勝ったら……そうだな。戦争を扇動《せんどう》してる魔族のリーダーたちを、俺が消し飛ばしてきてやるよ」

そんな宣言をしたエクスリアは、ネメシィの「ちょっ、なに言ってるの……!?」という悲鳴を軽く無視してニヤリと笑いました。

「どうだ人間、ちっとはやる気になったか?」

「……まぁ、すこしはね」

口ではそう言った私でしたが、じつは密かにテンションが上がっていました。

彼がこの戦いに負けても生きていられる前提で話を進めているのは、おそらくネメシィという子が傍にいるからでしょう。立場的にこの二人はほとんど互角の実力を備えているようですし、自分が殺されそうになっても逃げきれる算段があるのでしょう。どの道殺すつもりは無いので、それはどうでもいいです。

重要なのは、ただでさえ彼を倒せば魔族の戦意を大幅に削ることができる見込みなのに、さらに彼が魔族を率いているというリーダーたちを潰してくれれば、本当に戦争が終結しかねません。

やがてネメシィも諦めたのか、文句を言うのをやめた彼女は白い翼を羽ばたかせて空へと舞い上がりました。

そして私たちから離れていく彼女を見送ったエクスリアは黒い翼を大きく広げ、悠然と私に手招きをしてきます。

「……さぁ人間、いつでもかかってこい。俺に戦いの楽しさを教えてくれ」

私はお言葉に甘えて、即座に戦闘の準備に取り掛かりました。

まずは攻撃ではなく防御を固めることから始めます。相手の必殺技は視認による物質消滅……何を置いても真っ先にそれを封じるポーズを見せておく必要がありました。

「『簡易暗転《モニターオフ》』」

私がポツリと呟いたのと同時に、周囲のあらゆる光が消失して、山頂が闇に閉ざされました。ただし私の周囲だけは一定の光量が保たれているので、転ぶ心配はありません。

それと同時に、私はネルヴィアさんに貰った首飾りの装飾……その四十八枚の羽根のうち、二枚の角度をカチリと変えることで魔法を発動します。

私の立てた音を外部に漏らさないようにする『王様の耳は《ミュートボックス》』。

そして私の周囲の速度を減速する『砂鉄時計《トリックウォッチ》』。

光と音を消した上で、私は景色が暗転する前のエクスリアの立ち位置を元に、彼の背後へと回り込みます。

「はぁ、なんだそりゃ」

すると、その直後……私が魔法を解除していないというのに周囲の闇が払われ、さらに私が減速したはずの時間までもが元に戻っていました。

そして同時に私は気が付きます。エクスリアはその場から一歩も動いてはいませんでしたが、しかし彼の背中から生えた二枚の翼の色が、両翼とも真っ白に染まっていることに。

エクスリアはおそらく私が背後を取っていることに気が付いたうえで、振り返りもせずに深々と溜息をつきました。

「……もしかしてアレか？　俺が見たものを消すって能力だと聞いて、だから俺の視界を封じて死角に逃げ込んだのか？」

一気に低い声となったエクスリアの髪がざわりと持ち上がり、それに呼応するように白かった翼も再び漆黒に染まりました。

「だとしたらお前。そりゃ『防ぐ手立てがありません』って白状してるようなもんじゃねぇか。……んなもん、期待外れってレベルじゃねぇぞ!!」

直後、私が新たに『真《イデア》・砂鉄時計《トリックウォッチ》』を発動して自身の速度を加速するのと同時に、エクスリアは素早くこちらを振り返りました。

私がエクスリアの死角側に走り出した瞬間、直前まで私が背にしていた岩が〝ガゴンッ!!〟という音と共に消滅します。

消滅の音は私の後をすさまじい速度で追いかけ、私が走り抜けたところに存在していたあらゆる物質を跡形もなく消し飛ばしました。

私が即死の視線を避けるために彼の周囲を一周するころには、山頂がきれいな平らになってしまいました。

……逃げてるだけじゃ、すぐに捕まりそう。

そう判断した私は、エクスリアの死角をキープしたまま呪文を紡ぎます。

「『強いる誠意《グラビティ》』」

すると即座に山頂全域の重力が百倍になり、ただでさえ平らに均されていた山頂がさらに押し潰されて、完全な真っ平らとなりました。

しかしそれに巻き込まれたエクスリアは、一瞬だけ体勢を崩したもののすぐに立て直しました。見れば、周囲を押し潰そうとしていた超重力は消失して、ところどころから煙が立ち上っています。

そしてやはり、翼の色が真っ白に染まっていました。

……視線で攻撃する時は翼が黒くなって、こっちの魔法を打ち消す時は翼が白くなってる……?

やっぱり噂通り、魔族の特殊能力である開眼《シャンテラ》を複数持っているようです。しかし翼の色が魔法の発動に関係しているとすれば、同時に複数の開眼《シャンテラ》は発動できないはずです。事実、彼が今私の魔法に対応した瞬間、消滅の視線は中断されました。

どんな魔法でも即座に無効化できるなんて大したものですが、それでも私が恐れていたようなレベルの能力ではありませんでしたね。無効化までにわずかなタイムラグがありますし、魔法が効果を発揮する前に無効化できているわけでもありません。

この程度ならどうとでもなりそうです。要は無効化する暇も与えず、マイナス二百五十度で瞬時に完全凍結させて意識を奪ってしまえば良いのです。

ごめんね。後で融《と》かしてあげるから、ちょっと我慢して？

再び翼を黒く染めたエクスリアに私は内心で謝りつつ、呪文を口にしました。

「『箱入り娘《クールガール》』」

周囲の大気を激しく吸い込みながら、エクスリアの周囲三メートルほどに、真っ白な立方体が出現しました。

パキパキと小気味良い音を鳴らしながら白煙を吐きだす白い箱の中では、銀髪の少年がピクリとも動かずに固まっています。

ふぅ……なんだ、案外簡単に勝てたね。あとはネメシィとかいう子に連れて帰ってもらえば……と、私が一瞬気を緩めた刹那《せつな》。

完全に空間ごと凍結されて意識がないはずのエクスリア。そんな彼の黒い翼が、瞬時に白く染まりました。

その直後、凍結していた空気の箱が蒸発して、その中から銀髪の少年が口角を釣り上げながら現れます。

……私が凍結させたのは空気じゃなくて空間だから、脳みそまで凍結してたはずなのに……！　まさか完全に意識を失っても自動で魔法を無効化できるの!?

いや、それより魔法を食らった〝後〟で、魔法の影響を受けた部位の回復までこなせるなんて……!!

「残念だったな。俺にこの程度の魔法は効かねぇ」

そして完全に気を緩めていた私は虚を突かれ、すでにこちらを振り返ったエクスリアの紅玉の瞳に捉えられてしまっていて……。

「あばよ、人間」

私が何か対策を講じるよりも速く、エクスリアの翼が黒く染まりました。

直後、〝ガゴンッ!!〟という音と共に……。

私の周囲の〝地面だけ〟が消滅しました。

「……えっ」

口をポカンと開けて固まってしまったエクスリアをよそに、私はバクバクと暴れる心臓を抑え込みながら、心の中でガッツポーズを決めます。

……よ、よかったぁぁ〜〜〜!!

いや、ほぼ確信してましたよ? 度重なる実験も行って、敵の消滅即死魔法を無効化できるって確信できてましたよ!?

でもでも、それでも怖いものは怖いじゃないですか! 弾丸の火薬を湿《し》気《け》らせたから大丈夫だよって言われて弾丸入りピストルを渡されたって、それを脳天に向けて引き金を引ける人間なんて稀じゃないですか!

ほんとに無効化できててよかったぁ……二日もかけて探し出したあの修飾子が無駄にならなくてよかったです。バッチリ外部からの数値操作を弾いてくれました!

そしてこっそり一安心した私は、ポカンと口を開けて硬直しているエクスリアに、今度は私の方からお見舞いします。

「『無色無形の鍵《アーカーシャアッシャー》』」

〝ガゴンッ!!〟という音と共に、エクスリアを含めた周囲一帯が跡形もなく消滅しました。

私はまた標高が二メートルほど低くなった山の上に着地しつつ、エクスリアが消滅した場所へじっと目を凝らします。

するとー秒も経たずに、何もなかった虚空《こくう》から突然、白い翼を生やした少年が出現しました。

「……驚いたぜ、いやマジで。期待外れとか残念とか言って悪かったよ。俺の〝邪視《じゃし》〟が全く効かなかった生物は、お前が初めてだ」

私こそびっくりです。まさかとは思いましたが、彼が空間ごと完全に消滅させられても復活可能だなんて。

彼が私と戦いたいと思ったきっかけは、恐らく共和国での首都プラザトス防衛戦での私の活躍を聞きつけたからでしょう。

そしてもしそうなら、私が空を切り裂きながら現れたという話も聞いていたはず。同じく消滅魔法の使い手であるエクスリアなら、私も同じ魔法を使えることに思い至っても不思議はありません。

その上で彼が私に先手を譲ったということは、私の最初の攻撃が今の消滅魔法だったとしても防ぐ自信があったということ。だからこそ私が、彼の視界から逃げるという日和《ひよ》った戦術を取った時、彼はガッカリしたのでしょう。

「そして嬉しいぜ。お前も相手を一瞬で消し飛ばす魔法が使えるんだな！　この怯えられるだけで、戦いをつまらなくさせる強すぎる力を！　本気を出せなくなる呪いのような能力を!!」

エクスリアは言葉通り、本当に嬉しそうに頬を上気させて声高々に叫びました。

なるほど、さすがに問答無用で相手を即死させるだけの力は、魔族の間でも恐れられるのですね。

そういえば強者絶対主義の獣人族も、私が彼らを必要以上に傷つけるつもりがないことを表明するまでは、子犬のように怯えていました。

「それは、あなたにももんだいがあるんじゃないの？」

「あ？」

「わたしのぶかには〝じゅうじんぞく〟がいるけど、わたしはそのこたちにけっこうなつかれてるよ？」

「……なんでだ？　獣人族なんて、特に雑魚中の雑魚じゃねぇか」

「わたしがかれらをきずつけたりしないって、わかってるからだよ。わたしはあのこたちのみかただし、なにかあればぜんりょくでまもるからね」

私の言葉に、エクスリアは目をぱちくりとさせて固まってしまいます。

「なんで弱い奴なんかを守らないといけないんだ？　それがどうして怯えられないことに繋がるんだ？」

「あのネメシィっていうこに、きいたことはないの？」

「あいつもよくわからないらしい。けど最近、やけに〝殺すな〟って言ってくるけどな」

「そう。じゃあ、きっとくちでせつめいしてもわからないよ。あなたがさいきょうであるかぎり、ずっとわからないんじゃないかな」

「……なんだよそれ。じゃあ、どうしろっていうんだよ……」

忌々しげに目を細めるエクスリアを見ていると、私はなんだか彼に昔のレジィの面影を見たような気がしました。

当時はやんちゃだったレジィや獣人族も、叩きのめしてからきちんと話し合えば、少しずつ弱者の気持ちを理解してくれました。魔族である彼らも今では、人間たちと仲良くなれるまでに馴染んでいます。

魔族だからといって、根本的に感性が違うわけではないのです。決して分かりあえないなんてこともないのです。中にはあの黒竜のような邪悪な感性を持つ存在もいるでしょうが、目の前であやって悩んでいる彼があのドラゴンと同じ感性だとはとても思えません。

何より、本当に彼は私と戦いたかったのでしょうか？

自分と似たような存在がいることを聞きつけた彼が、戦場の敵陣を飛び回ってまで私を探していたのは……。

私は少しだけ穏やかな気持ちになると、エクスリアに向かって微笑みました。

「だからわたしがあなたをたおして、よわいもののきもちをおしえてあげるよ」

私がそう言うと、それを受けたエクスリアはしばし目を丸くさせて……。

「ああ。ぜひとも頼むぜ」

嬉しそうに、愉しそうに。

黒い翼を広げた彼は、引き裂くように笑いました。

私は右手をエクスリアに向けて、口を開きました。

「『風の槍《クリアランス》』」

私の前方から放たれた突風が、地面を抉《えぐ》り飛ばしながらエクスリアに迫ります。

その直撃を受けた彼は、しかしこの魔法を無効化するでもなく吹き飛ばされると、勢いそのままに翼を羽ばたかせて空高くへと飛翔しました。

「ただ風を起こすだけの魔法が、この威力か……」

そう言って嬉しそうに笑うエクスリアが、指を一本立ててクルクルと回しました。同時に彼の翼が、右側は白に、左側は黒に染まります。

「……！」

するとそれに呼応するかのように、私の周囲……いえ、それどころか私が立っている岩山の全域を覆い尽くすような巨大竜巻が発生しました。

……まさか、三つ目の能力⁉

本来であれば、巻き上がった砂や石つぶてでズタズタに引き裂いたり、一気に中心の気圧を下げることで酸欠に陥《おちい》られたり、あるいは単純に風で成層圏まで吹き飛ばしたりする技なのかもしれませんが……今の私は自身の周囲二メートルの空間を完全掌握《しょうあく》しています。外部からの〝数値操作〟であれば、消滅魔法どころか温度や速度などのあらゆる支配を受け付けません。

山一つを覆い尽くす巨大竜巻の中で普通に歩いている私を見て、エクスリアはますます嬉しそうに笑みを深めました。

「……となると、これも効かないわけか？」

そう言うや否や、今度は彼の右翼が黒に、左翼が白に変化します。

直後、荒れ狂うように逆巻いていた竜巻や、高速で天に巻き上げられていく石礫《せきれき》や砂塵《さじん》が、完全にピタリと停止しました。

あらゆる音が死んで、耳が痛くなるような静寂の中で私は愕然とします。

……ええっと、これってまさかとは思いますけど……〝時間停止〟？　っていうか、四つ目の能力⁉

見ただけで対象を消滅させる能力、死んでからでも魔法を無効化して復活する能力、指先一つで自然現象を完全掌握する能力、準備も予備動作もなく時間を停止させる能力。

一つ一つがラスボスみたいな能力を当たり前みたいに使いこなす彼を、私はげっそりしながら見上げていました。

こりゃ魔族にも恐れられるわけです。間違いなく魔族最強……『死神』や『魔王』の二つ名は伊達《だて》ではありません。

翼の色によって能力を使い分けているという私の読みは間違いなかったようですが、しかしまさか左右の翼の色を別々にできるだなんて想定外でした。二枚ある翼《ビット》の白黒《オンオフ》で表現できる数は『○○』、『○●』、『●○』、『●●』の最大四つですから、さすがに彼の持つ能力も四つで打ち止めでしょう。

……しかしあれだけ強大な能力を四つも使えるだなんて、十分過ぎるくらい規格外です。

これ事前情報がなかったら私、間違いなく瞬殺でしたよね……？

「……『燃えない蝋翼《ナイトオウル》』」

私は空中移動魔法を発動すると、止まった時間の中で地面を蹴り、そのままエクスリアに向かって高速で飛び出しました。途中にあった石礫や砂塵は私の周囲に張ってある結界に触れた瞬間に消滅して、私はあっと言う間に上空のエクスリアの目前に到達します。

「『熱狂の渦《グレートファン》』！」

今度は三千度に熱した空気を叩きつけようと腕を振るった私でしたが、その寸前にエクスリアは翼を羽ばたかせて素早く身を躱《かわ》します。

そして私の背後に回り込んだ彼はしなやかな足を振るいキックを繰り出してきますが、その足は私を蹴る前に結界に触れて消滅してしまいました。

「ちっ、結界は常時かよ。ますますデタラメだな」

デタラメが服着て空飛んでるみたいな人にそんなことを言われるなんて心外なんですけどね！

エクスリアは両翼を白く染めて消滅した足を再生させつつ、私から距離を取りました。

翼の色が変わって時間停止が解けた影響で、山を覆っていた竜巻が再び激しい音を響かせます。するとエクスリアは竜巻に向かって鬱陶《うっとう》しそうに手を振るい、それだけで風はピタリと止むと、上空へ舞い上げた岩を地上に降らせ始めました。

「…………」

今の一連の流れで私は一つ、疑問に覚えたことがありました。

これまでの攻撃の中で、彼は一度も攻撃を躱したことがありませんでした。しかし今の熱狂の渦《グレートファン》だけは明確に身を躱したのです。

……単に私が攻撃する瞬間は防御が疎かになるかもと考えたから、カウンターで攻撃するために回避したというだけの話でしょうか？

「『熱狂の渦《グレートファン》』」

私から距離を取ったエクスリアに再び同じ攻撃を仕掛けました。触れれば身体がジュワッとなりかねない熱風を、エクスリアは腕を振るって生み出した烈風を叩きつけることで相殺しながら、地上に向かって下降していきました。

……うーん、また防いだ。

いやでも、いくら回復できるからってわざわざ痛い攻撃を食らうなんて変だしなぁ。

私は疑問のパズルを脳内で組み立てながら空を駆け、下降していくエクスリアを追いかけました。

地上スレスレを亜音速くらいで飛行する彼の後を、私は引き離されないように追走します。

「『量銃《マルチガン》』」

そして私は前方を飛行するエクスリアに狙いを定めて手をかざし、親指と人差し指をピンと伸ばした〝銃〟の形にします。

「ばん」

私が親指をクイッと曲げると、銃の射線上にあるすべての物質量が乗算されて爆発を起こしました。

本当はエクスリアの翼を狙ったのですが、射線はわずかに外れて彼のすぐ傍の地面を爆発させるに留まります。

爆発に驚いてこちらを振り返ったエクスリアに、私は即席で術式を改造して発動しました。

「『多量銃《マルチプルガン》』」

さて、今度の銃口は四本分だよ。

私は右手の人差し指から小指までの四本をピンと伸ばしながら、エクスリアに向けて狙いを定めました。

「ばん。ばん。ばーん」

一度に四発撃てるようになった乗算弾が、顔色を変えて回避機動を取ったエクスリアに襲いかかります。すぐ近くの空気や地面が激しく爆発を起こす中、しかしエクスリアはそのすべてをギリギリで回避してみせました。ぐぬぬ、動かないでよ！　当て辛いじゃん！

やっぱり射線の太さが一センチだから当たらないのかな？　と思い、私が脳内で射線の

太さを直径一メートルに再設定していると、

「ふッ!!」

突然こちらを振り返ったエクスリアが軽く左手を振るうと、私の前方から無数の鋭利な巨石が大地を突き破るようにして飛び出してきます。

私の周囲には結界があるのでそのまま突っ込んでも良かったのですが、私はそれを敢えて躱しました。もしかしたらさっきの私みたいに、〝躱した意味〟を敵が深読みしてくれるかもしれないと考えたのです。

するとそれを見たエクスリアは右手を天に掲げ、

「おおおおッ!!」

直後、後ろ向きに飛ぶエクスリアの背後にあった地面が、轟音《ごうおん》を響かせながら浮き上がりました。

ちょっとした高層ビルくらいの質量を持った巨石……というより引っこ抜かれた大地そのものが、

「おッ、らァア!!」

エクスリアの振るった右手の動きに合わせて、こちらへ高速でブン投げられてきました。

「ちょっ……!?」

その辺の街くらいなら軽く滅ぼしかねない一撃に仰天しながらも、私は辛うじて反撃を行いました。

「『人為的不作為《アースヘンジ》』!!」

こちらも地下にある岩や土の物質量を爆発的に増算することで地面を持ち上げ、それを前方に向かって高速で射出しました。

岩と土でできた二つの高層ビルが激突して、とんでもない衝撃波が発生します。その勢いはすさまじく、余波だけで地面が抉れて暴風が巻き起こったほどです。

彼岸帯のところどころにはもともと湖みたいな大きい水たまりが存在していたのですが、私たちが大地をごっそり抉った場所から新たな水が噴き出して、いくつも湖が増えちゃっていました。

と、私が降り注ぐ瓦礫を躱しながらエクスリアへと肉薄《にくはく》すると、彼は逃げるそぶりも見せずに両手を勢いよく天にかざしました。

「よっ、とォ!!」

「……!」

直後、私とエクスリアを囲うように無数の巨大岩壁が地面から生えてきて、私たちを外部から隔絶してしまいます。

一瞬で谷底のように薄暗くなった景色に面食らっている私に、エクスリアは畳みかけるように両手を振るって新たな現象を引き起こします。

私たちの周囲を覆い、天高くそびえる巨大な岩壁。そのところどころが突然爆発したかと思うと、そこから激しく溶岩が噴き出しました。

溶岩はエクスリアが指揮者のように振るう腕と指の動きに操られるようにして、そのすべてが竜のような形へと変化していきます。

「ふッ!!」

地面を蹴って飛び立ったエクスリアは、谷底から呆然と見上げている私に向かって両腕を振り下ろしました。それを合図に、大小さまざまな溶岩竜がとんでもない速度で私に迫ってきました。

私はどうしたものかと一歩後ずさると、そこで〝ピチャリ〟という音で、自分の足元が湧き水で満たされていることに気が付きます。

「『昇天氷柱《バックワードフロー》』」

私の足元の水溜まりは一瞬で数千倍の大質量になると、さらに超低温で凍結しながら、勢いそのままに下降してくる溶岩竜と正面衝突します。

直後、私の想定していなかったレベルの大爆発が起こり、四方の岩壁が木《こ》っ端《ぱ》微塵《みじん》に吹き飛ばされました。……今の爆発はただの衝撃波って感じではなかったので、もしかして水蒸気爆発か何かでしょうか？

周囲の岩壁が無くなったおかげで風通しがよくなったのか、立ち込めていた土煙だか水蒸気はすぐに晴れていきます。

「！」

するとその時、白煙に紛れて接近していたらしいエクスリアが、私に向かってまっすぐに急降下で突っ込んでくるのが見えました。

このままでは私の周囲に張られている消滅結界に衝突してしまうであろうエクスリアはしかし、なぜか速度を緩めることはしません。

そして案の定、私の結界に触れた瞬間に彼の全身は跡形もなく消し飛んで……。

「なっ……!?」

直後、両翼を真っ白に染めたエクスリアが〝私の結界の内側で〟復活しました。

「やっと捕まえたぜ、人間」

あり得ないくらい強引な方法で私の結界を突破したエクスリアが、私の胸ぐらを掴んで地面に叩きつけてきました。

「あぐっ⁉」

このエクスリア、見た目は女の子みたいな細腕なのに、ネルヴィアさんやレジィをも遥かに凌《しの》ぐとんでもない怪力です。ただ叩きつけられただけで、私のちっちゃな身体が地面に深々とめり込みました。

そのままエクスリアは私のお腹に拳を叩きこみ、そのあまりの衝撃に私の身体がさらに数十センチは地面にめり込んで、赤い大地に広範な亀裂が走りました。

しかし……。

「……硬ってぇ！　なんだコレ、魔法は無効化してるはずなのに……」

私の身体に生じる衝撃は、完全にゼロとなるように操作されています。そして私が現在嵌めている手袋の、親指と小指を接触させているあいだは私の肉体の硬度が鋼鉄と同等になります。

万が一にも結界を突破されたり、あるいは結界そのものが無効化される可能性を考えて、念のために近接防御魔法を仕込んでおいて助かりました……。

エクスリアの両翼は真っ白に染まっており、魔法無効化の能力はたしかに発動しています。

しかし私の身体に関する数値を、エクスリアが外部からの入力で変動させることはできません。私の身体を消滅させることができなかったのと同様に、私の身体の硬度を元に戻すことはできないのです。

魔法無効化によって私の防御を突破できないと悟ったエクスリアは、片方の翼の色を黒く染めて自然現象を支配する能力を発動しようとしました。

「くちゅ……れろっ」

その一瞬を見逃さず、私は口の中で溜めた唾液《だえき》でぬらりと光る舌を、エクスリアに向けてべーっと出しました。それに対して怪訝な表情を浮かべるエクスリアでしたが……。

直後、〝ピキュンッ!!〟みたいな擬音を発しながら、私の舌からエクスリアの顔面に向けてレーザーのように唾液が射出されます。

その不意打ちをエクスリアは「うおッ!?」と叫びながら、辛うじて紙一重で回避しました。攻撃が掠った彼の頬から、赤い血が噴き出します。

今のを避けるとは大したものですが、しかし私の服から手を離さなかったのが運の尽きです。

ねぇエクスリア。さっき私が放った氷魔法を溶岩で溶かしたせいで……ちょうどいい感じに身体が濡れてるよっ!!

「『真《イデア》・騒電気《ノイズパルス》』」

「がッ⁉」

バチヂィッ‼ という音と共に私の衣服が青白く光ると、エクスリアは身体を激しく仰《の》け反《ぞ》らせながら叫び、仰向《あおむ》けに倒れました。

私の衣服に溜まっていた静電気の電流と電圧を一気に上げたため、服に触れていた彼は感電してしまったのです。……事前に凄まじい電気抵抗が設定してある私と違って、水で濡れた彼の身体はよく電気を通すことでしょう。

それでも人間なら失神じゃ済まない電流を浴びながら、エクスリアはまだ仰向けに倒れた身体を起こそうとしていました。恐らくは電流が流れた直後にすぐ無効化したのでしょうが、けれども見たところ電流によるダメージはまだ全然回復していないように見えますし、さきほど私が放った不意打ちで負傷した頬の傷もそのままです。

……やはり、彼が元に戻せるのは〝数値の変動〟だけであり、それによって生じたダメージまでは元に戻せないようです。

物質量をゼロにされて跡形もなく消滅しても、ゼロにされた物質量を元に戻せば復活できます。マイナス二百五十度で凍結されても、温度を元に戻せば復活できるでしょう。

しかし数千度の熱風を浴びた場合、ダメージを受けてから魔法を無効化しても、それによって受けた火傷などは〝魔法による数値の変化〟ではないため回復できません。熱いお湯を浴びてしまった箇所を常温になるまで冷やしたって、火傷が治るわけではないのですから。

だから私が熱狂の渦《グレートファン》で熱風を放った時、エクスリアは迷わず回避や防御に徹したのでしょう。消滅魔法や凍結魔法と違い、こちらのダメージは回復することができないから。

まだ身体が痺れて仰向けに横たわっているエクスリアの顔にそっと足を乗せた私は、ゆっくりと噛みしめるような声色で囁《ささや》きました。

「わたしのからだは、あなたののうりょくにえいきょうされない。……なにがいいたいか、わかるよね？」

先ほど、エクスリアの魔法無効化能力で私の肉体の硬化を無効化することはできませんでした。それは私が『ｃｏｎｓｔ修飾子』という特殊な方式で、私の肉体が持つ数値を保護しているためです。

そして私の〝体重〟にもｃｏｎｓｔ修飾子でプロテクトをかけているため、エクスリアは私の体重の増減を行うことができません。

つまり何が言いたいかといいますと、『このまま体重を増やして頭を踏み潰してやろうか？』ということです。

「……はは……探せばいるもんなんだな、こんな強い人間も」

電流による麻痺《まひ》のせいかちょっとだけぎこちない喋り方のエクスリアが、なんとも晴れ晴れとした表情を浮かべます。

「なぁ、人間。お前の名前はなんだったたっけ？」

「……セフィリア」

「ん、そうか」

エクスリアは私の瞳をまっすぐに見つめると、

「降参する。とりあえず俺との……〝エクスリア〟との戦いは、お前の勝ちだ。セフィリア」

なんだか妙に引っかかる言い回しをした彼は、心から嬉しそうに、無邪気な笑みを浮かべました。

「エクスリア！」

真っ白な翼を生やした金髪の少女・ネメシィが、私たちから少し離れた場所へふわりと舞い降りてきました。外見だけならまごうことなき天使様ですね。

私が消滅結界を解除してからエクスリアの傍を離れると、ネメシィはエクスリアの元へと駆け寄ってきました。

「エクスリア、大丈夫⁉」

「あー、はは……まさかほんとに負けちまうとはな。とんでもなく強いぞ、セフィリアは」

「……そっか、良かったね。長年の夢が叶ったじゃない。誰かに負けたいって夢が」

まだ身体が痺れているのか地面に横たわったままのエクスリアは、傍らで苦笑するネメシィへと嬉しそうに敗北報告をしていました。

……誰かに負けたい、ねぇ。随分と贅沢な夢ですこと。

私が呆れ混じりの視線を送っていると、そこでエクスリアは「ただ……」と少しだけ残念そうな表情を浮かべました。

「一つだけ心残りなのは、セフィリアがちっとも本気を出してなかったってことだ」

その言葉に、私は内心でちょっぴりドキッとします。

いや、でも普通の人間や魔族だったら跡形も残らず死ぬような攻撃も平気でぶっ放してましたから、あながち手加減していたわけでもありませんけどね。

……けど、敢えて相手の戦い方に合わせて戦ってあげたり、あまり殺意の強い攻撃は行わないように気をつけたりはしていたつもりです。その辺りの気遣いを、エクスリアは感じ取ったのかもしれませんね。

しかしそれでも勝ちは勝ちです。私が本気を出していなかったとして、それで勝負がノーカンになったりすることはないでしょう。

そのため私はすっかり油断していたのですが、続いてエクスリアが放った一言に、私は耳を疑いました。

「だからネメシィ、お前も戦え」

「えっ⁉」

エクスリアの言葉に、私とネメシィは声を揃えて驚愕の声を発しました。

「ちょっとなに言ってるの⁉　ボクそういうの興味ないって言ってるじゃない！」

「いーから手を貸せ！　セフィリアの本気を見てみたいんだよ！」

「やだよ！　それに、もしそれで勝っちゃったらどうするつもりなのさ！」

「魔法を使える人間はすぐ強くなるらしいから、そん時は俺が鍛えてやる！」

「なにそれ意味わかんないし！」

「どのみち俺らが勝てなかったら魔族は終わりじゃねーか！　それはお前も困るだろ！」

「うっ……それは、そうだけど……」

な、なんだか話の流れが嫌な方向に向かっているような気が……。

エクスリアは魔族が戦争に負けようと関係ないってスタンスみたいですが、ネメシィはそうでもないようです。そんな彼女の立場からすれば、魔族最強であるエクスリアが負けた今、私の存在は魔族を滅亡させかねない甚大《じんだい》な脅威そのものでしょう。

それこそ、私がエクスリアの存在に人族滅亡の脅威を感じていたのと同じように。そして私にとってその脅威は、命を懸けた戦いに臨むのに十分な動機となり得たわけで……。

ネメシィは、エクスリアと私の顔を交互にちらちらと見ながら、「うぅ～！」と頭を抱えて悩みこんでしまいました。

彼女もまた、あの魔族最強であろうエクスリアがつるんでいるくらいですから、きっと尋常じゃない戦闘能力を有しているのでしょう。さすがにエクスリアよりも強いということはないでしょうが、およそ彼に比肩《ひけん》し得る実力者である可能性は十分にあり得ます。

そんな二人が手を組んで私に挑んできたら、さすがにちょっとキツイような気がします。だから私は、どのようにネメシィを説得して手を引いてもらうかと考えを巡らせていたのですが……。

悩むネメシィに、エクスリアはダメ押しとばかりにニヤリと笑いました。

「わかってるんだぜ、ネメシィ。ほんとはお前も本気で戦ってみたいって思ってるんだろ？」

「そ、それは……」

「お前、いっつも本気出すな～とか殺すな～ってうるさく言う割に、ほんとは俺より戦いが好きだもんな」

「……そんなこと、ないもん」

「多分、俺たちが本気で戦っても死なないのなんて、この世界にセフィリア一人だけだと思うぜ？　ほんとに戦わなくていいのか？　最後のチャンスかもしれないぞ？」

「……」

エクスリアの指摘が図星だったのか、ネメシィはバツが悪そうに俯いてしまいます。

その反応を見て、私はもうほとんど諦めモードに突入してしまいました。……ああ、これは回避できない流れだぞ、と。

やがてネメシィは顔を赤らめてもじもじしながら、申し訳なさそうに私へ上目遣いの視線を向けてきました。

「……あ、あの……ボクも、戦っていい？　えっと、かなり強いとおもうんだけど……」

どのみち私は、エクスリア一人に勝ててもあまり意味がありません。仮にエクスリアとネメシィの二人がかりには負けてしまうのであれば、もしも何かのきっかけで二人が人族を滅ぼそうとしたら人類滅亡です。

彼らはこれだけぶっちぎりで強すぎるのですから、二人には「セフィリアがいる限り人族に手出しはできない」と思ってもらわなければならないのです。

まぁ、すでに戦いを回避することを半ば諦めているということもありますが……とにかく私は深々と溜息をつきながら、ネメシィの申し出に不承不承といった感じに頷きました。

「はぁ……いいよ、べつに」

すると彼女はパァっと表情を明るくさせて、見るからに嬉しそうな笑みを浮かべます。

「ありがとう、セフィリアちゃん！　もしもボクらが勝っても、殺したりはしないから安心してね！」

……ついさっき相方であるエクスリアが負けたっていうのに、随分と楽観的というか、余裕な発言ですね。もしかして彼女はエクスリアよりもずっと強いのでしょうか？

仮に二人の強さがほぼ同じだったとしても、単純に考えて強さはさっきの二倍ですか……厳しい戦いになりそうです。

「……それで、たたかうのはふたりがかりってことでいいの？」

私の問いに、ネメシィは少し困ったような表情で言葉に詰まっていました。

そんな彼女の妙な反応に私は首を傾げていると、そこで今まで地面に横たわっていたエクスリアがゆっくりと立ち上がって、愉快そうに笑いました。

「いやいや、違うぞ？　戦うのは俺たちだけど、〝二人がかり〟じゃない」

「……え？」

エクスリアの発言の意図を私が図りかねていると、彼は傍らに立つネメシィの手をぎゅっと握り、指を絡めました。

そして直後、二人が眩い光に包まれたかと思うと……再び光の中から姿を現したのは、一人の少女でした。

金と銀が入り混じった、癖の強い長髪。

碧《あお》い右目と、紅い左目。

ふんわりとした白いチュニックに、タイトな黒のパンツとブーツ。

背中からは、白と黒の四枚の翼。

「これでようやく、一対一だな」

相対しているだけで嫌な汗がとめどなく噴き出してくるような、尋常じゃない威圧感でした。これに比べれば、先ほどエクスリアが発していた魔力の殺気など可愛いものです。

「ごめんね。〝エクスリア〟にしても〝ネメシィ〟にしても、俺《ボク》の一部でしかないの。そもそもそんな名前の魔族は存在しないんだよ」

あまりの衝撃で絶句してしまっている私に、彼あるいは彼女が穏やかな笑みを湛えながら告げます。

「俺《オレ》の名前は〝エクセレシィ〟。一つの身体に二つの心、雌雄《しゆう》同体の両性具有《りょうせいぐゆう》、エクスリアであってネメシィでもあり、全部含めて一人《エクセレシィ》だぜ」

この途轍もないプレッシャーもさることながら、私は不幸にもある事実に気が付いてしまい戦慄《せんりつ》しました。

先ほど、私はエクスリアの能力の数は最大でも四つだと判断しました。それは二枚の翼《ビット》のオンオフで表現できる数は四つまでだからです。

しかし現在、エクセレシィと名乗った彼らの翼は四枚。

そして四つのビットのオンオフで表現できる数は……十六です。

「さぁて……ようやく本気で戦える」

そう言って嬉しそうに笑うエクセレシィは、広げた四枚の翼の色を瞬時に変えます。

エクセレシィが何をしてくるかはわかりませんが、とにかく私はすぐに結界を張り直して防御態勢を整えることにしました。

私は首飾りの羽根を一度に五枚ほど傾け、多重結界を起動します。

さっきのエクスリアとの戦いを鑑みるに、どうやら魔法無効化が発動して数値変化を元に戻した瞬間、戻した数値をまたすぐに変えられてしまわないように〝固定〟するか、あるいはエクスリアが認識している魔法を強制的に〝非発動状態〟に戻しているようでした。

じゃないと私が〝一定空間内をずっと消滅させ続ける魔法〟を発動したら復活と消滅を永

遠に繰り返しちゃいますからね。

そして他人の魔法に直接干渉して非発動状態に戻すというのはあまりに高度過ぎるので、単純に数値を固定しているという線が現実的だと私は考えています。

これは逆に言えば、彼の能力は問答無用であらゆる魔法を無効化できるものではないということです。ならば一つの結界が無効化されたら別の結界で補い、それが突破されるまでに新たな種類の結界を張り続けることで対処します。

私が多重結界を展開した直後、こちらへ向かって駆けてきたエクセレシィは魔法無効化を発動しながら結界に飛び込もうとしました。しかし、まず一層目の〝速度停止結界〟に顔面から激突して弾かれると、飛びずさるようにして私から距離を取ります。

彼女は……彼女？　彼？……外見は少女なので彼女でいっか。彼女は強く打ち付けた鼻をさすりながら苦笑しました。

「いたた……ほら、だから言ったじゃないエクスリア。セフィリアちゃんに同じ手は通用しないって」

エクセレシィは……いえ、おそらく今喋ったのは彼女の人格の一つであるネメシィでしょう。彼女はどうやら私が結界魔法の方式を変えることも見越していたようです。

私の肉体や、私が健康に生きるために必要な要素はｃｏｎｓｔ修飾子で保護していますから、自分で張った結界の効果によって傷つくことはありません。しかし私の許可していない物質……具体的にはエクセレシィの肉体などは、容赦なくシャットアウトしてくれます。

基本的に力押しな戦い方が目立っていたエクスリアと違い、どうやらネメシィの人格がサポートに回ることで理性的に戦況を鑑みることができるようになったようです。

二つの人格同士は声を用いずに意思の疎通《そつう》が行えるみたいですから、それだけでも一気に厄介な相手となりました。

……しかもそれに加えて、さっきのラスボス級能力がさらに増えている可能性もあるのですから始末に負えません。もしかするとネメシィも能力を四つ持っているのかもしれません。

私はなりふり構っていられなくなり、エクセレシィが厄介な能力を使ってくる前に始末してしまうことにしました。

先ほどの戦いで判明したエクスリアの弱点は……熱です！

「『熱狂空間《エキサイトボックス》』」

私が小さく呟くと、すぐにエクセレシィがガクンと膝をつきました。さらに周囲の景色がメラメラと揺らぎ、エクセレシィの身につけていた衣服が発火します。

今回は彼女のとんでもない機動力を踏まえ、彼女の周囲に速度除算、重力乗算を行って逃げられないようにしつつ、その上で気温を六百度に設定したのです。

エクセレシィは魔法無効化によって、即座に私の魔法をキャンセルします。しかし魔法無効化によってキャンセルされるまでの一瞬で、真っ白だった彼女の肌は痛々しく焼けただれていました。

なのですが……さらに翼の色が変化すると、今度は彼女の肌が凄まじい勢いで真っ白に戻ってしまったのです。

「……えっ⁉」

私が思わず驚きの声をあげると、その反応が嬉しかったのかエクセレシィは端整な顔立ちを楽しそうに破顔させました。

「同じ手が通用しないってのは、こっちも同じってことだな」

まさか……回復⁉　再生⁉

これで能力は五つ目……わかってはいたけど、やっぱり合体して能力が増えてるんだ……！

しかも魔法無効化が死後でも発動していたことを思うと、たとえ超高熱で消し炭にしてもすぐに再生しちゃいそうだし……。

超速再生による単なる不死だったら、空間ごと凍結させてからコンクリート詰めにでもしてやればいいんですけど……魔法無効化があるから魔法による封印はできませんし、物理現象支配があるから物理的な幽閉《ゆうへい》もできません。

え、これどうやって勝てばいいんですか……？

なにをしたらいいのかわからなくなってしまった私が固まっていると、エクセレシィが不敵な笑みを浮かべながら私に人差し指を向けました。同時に、翼の色も変化します。

「『熱狂空間《エキサイトボックス》』」

その瞬間、今度は私を中心とした景色が高温によって歪《ゆが》み始め、過重力によって周囲の地面が悲鳴をあげ始めました。

ええっ⁉　これって私が今使った魔法⁉

もしかして相手が使った魔法をコピーする能力……？　ルローラちゃんみたいなことまでできるの⁉

私は外部からの数値支配を無効化しているのでダメージこそ受けませんでしたが、さすがに今目の前で起こった現象に戦慄します。

「うーん、さすがに自分の魔法でダメージは受けないよね。魔族には自分の開眼《シャンテラ》も意外と効いたりもするんだけど」

魔法だけじゃなくて開眼《シャンテラ》までコピーできるんですか……。

でも私はあらかじめ戦闘前に、私が思いついた攻撃方法に対してはすべて防御の準備を整えてきました。なので、私の攻撃魔法で私が傷つくことは、ほとんどありえません。この魔法コピー能力はあまり気にしなくてもいいでしょう。

とにかく私はエクセレシィにダメージを与える方法を探るべく、様子見の攻撃を繰り返してみることにしました。最悪、魔力切れに追い込めれば勝ちですしね。

「『風の槍《クリアランス》』」

普通の人間や魔族だったら、吹き飛ぶとか以前に風と衝突した時点で即死しかねない威力の暴風。その攻撃をどのように対処するのかを注意深く観察しようとしていたのですが……。

なんとエクセレシィは攻撃を受ける直前に、一瞬で空気に溶けるようにして消えてしまいました。

い、いなくなった……？　瞬間移動？

私は驚いて周囲を見渡してみますが、それらしい人影はありません。影も形もなく、それどころか音さえありません。

私の認識を欺《あざむ》いてる？　光を屈折させて隠れてる？

なんにせよこの場にいるのはマズいと思った私は、すぐに「簡易暗転《モニターオフ》」と唱えて周囲を真っ暗にした上で、空高くに飛翔しました。全部真っ暗にしちゃえば、エクセレシィの方からも私の居場所はわからないはずです。

すると数秒後、私の魔法が強制的に解除されて周囲に光が戻ると、さっきまで私が立っていた場所にエクセレシィがいて、周囲をキョロキョロと見まわしていました。それを見て、私は背筋に悪寒が走ります。

彼女は先ほど、私の風魔法を受ける直前で透明になりました。しかしよく考えてみたら、私の認識から外れたり光を屈折させても風は防げません。となるとあの魔法は、光だけでなく風なども透過できるのでは？

そしてさっきまで私が立っていた場所にエクセレシィが移動しているところを見るに、本来であれば私の結界でさえも透過できたのでは？　そう考えると辻褄《つじつま》が合います。

あらゆる現象を透過する能力、と認識しておきましょう。

やがてエクセレシィは真上を見上げて、私が空へ逃げたことに気が付いたみたいです。

彼女は四枚の翼を勢い良く羽ばたかせると、とんでもない速度で私に向かって突貫《とっかん》してきます。

私は自身の時間を加速することでその異常な速度に対応しつつ、空中移動魔法で逃げに徹することにしました。

しかし翼が増えたせいか、エクセレシィの速度はエクスリア一人の時よりもずっと速くなっているようです。亜音速どころか、ソニックブームじみた衝撃波を撒き散らしながら、あっという間に私のすぐ後ろまで迫ってきました。

そして彼女は突然、左手から炎を生み出します。それは左手が火炎を帯びたというよりも、まるで炎を纏った剣を握っているように見えました

私は一瞬、その炎はエクスリアの物理現象支配によるものかと思いましたが……しかし彼女も今更、私にただの炎が通用するとは思ってはいないはずです。ついさっき、熱を使った魔法を無効化したばかりなのですから。

しかも炎をわざわざ剣の形にする意味とは？　炎をぶつけたいのなら、手っ取り早く撃ち出せばいいはずではありませんか。

……なにか嫌な予感がする。

私はエクセレシィの謎の炎剣に注意を払いながら、いつでも自身の速度をさらに加速できるように準備を行います。

そして尋常じゃない速度で私に追いついたエクセレシィが、私の目前で炎剣を勢いよく振るいました。その瞬間、私は一気に自身の速度を加速して、スローモーションで迫ってくる炎剣をじっくりと観察します。

「……ッ!?」

私の周囲二メートルにおける空間の温度はconst修飾子によって、外部からの影響を受けないはず……だというのに、炎剣はそんなことお構いなしに激しく燃え上がりながら私に迫ってきました。炎剣の温度がかなり高いせいか、剣が近づくと私の皮膚《ひふ》もチリチリとした熱を感じます。

私の防御が通用しない……!?

私はその場から全速力で逃げ出して、エクセレシィから距離を取りました。まだ心臓がバクバクと激しく脈打っています。

私の皮膚が熱を感じたということは、あの剣で斬られたら私の身体は燃え上がって……。い、死ぬ?

私は脳裏によぎったその可能性に、半ばパニックに陥ってしまいました。

そして、その一瞬の隙が命取りだったのです。

数十メートル先で飛んでいたエクセレシィのすぐ右横に、なにやら黒い板《ワームホール》のようなものが出現しました。さらにエクセレシィがその黒い板《ワームホール》に右腕を突っ込むのと同時に、私はすぐ背後から微かに風を感じたのです。

とっさに後ろを振り返った私は、そこで直径一メートルほどの黒い板《ワームホール》と、そこから生える真っ白な腕を目撃しました。

「ひっ……!?」

突然のことに驚いた私は慌てて距離を取ろうと仰け反りましたが、けれどもそれより早く伸びてきた腕が私の胸ぐらを掴み、黒い板《ワームホール》の方へと強引に引っ張ってきました。

「わぁあああっ!?」

私は咄嗟に硬度指定子で身体を硬くして、黒い板《ワームホール》に激突する衝撃に備えたのですが……しかし私が恐れていたような衝突は起こらず、代わりに私が目にしたのは、黒い板《ワームホール》をくぐったその先で得意げに笑うエクセレシィの顔でした。

……まさか、別々の空間同士を繋げたの!?

けれども私には驚いて思考停止している時間はありませんでした。エクセレシィには現在、私に対する有効打があるのです！

エクセレシィはワームホールから私を引きずり出すと、右手で私の服をしっかりと掴んで逃げられないようにしたまま、左手に燃え盛る炎剣を出現させました。

私はパニックに陥っている頭を必死でフル回転させて、とにかくエクセレシィに致命傷を与えれば、彼女は再生のために炎剣を引っ込めざるを得ないと判断しました。

なので、私は先ほどと同じように唾液を射出するため、口を開けて舌をつきだそうとして……その瞬間、エクセレシィは私の身体を引き寄せると、私の唇に自分の唇を重ねてきました。

「んむぐっ⁉」

しかも彼女は自分の舌をねじ込んできて、私の舌を押さえつけてくるのです。

こ、これじゃあ唾液ビームは使えないし、呪文も唱えられない……‼

エクセレシィが左手の炎剣を私に振り下ろすのと、私が右手の親指と薬指を接触させるのは、ほぼ同時でした。

『衝撃的伝達《テレフォンショッキング》』‼

私の目前まで迫っていた炎剣は、私がエクセレシィの胸部を衝撃波で吹き飛ばしたことで消失しました。……が、エクセレシィの胸部に空いた大きな穴はほんの一瞬で再生してしまい、再び彼女の左手には業炎が灯ります。

や、やばい……！　再生速度が速すぎて、大した時間稼ぎにもならない！

しかしそれでも身体に風穴が空いた衝撃で、エクセレシィは私の唇を解放してくれました。

とにかく致命傷を与え続けて、もっと大きな隙を作るしかありません！

「『雷吼《スタブライト》』！」

先ほどエクスリアに放った電撃よりも遥かに強烈な超高圧電流を、私の服に流しました。当然ながら私の胸ぐらを掴んでいたエクセレシィは感電してしまいます。

エクセレシィの真っ白な腕は真っ赤に焼けて、場所によっては高熱で焦げて黒ずんでいる箇所もありました。それでも私はまたすぐに再生するのだろうと思って身構えていたのですが……。

「……あれ？」

さっきは胸部から向こうの景色が見えそうな傷が一秒もかからずに再生したというのに、今度の火傷は数秒経っても治る気配がありません。いえ、明らかに異常な速度で治ってはいるのですが、以前に六百度の熱空間で彼女に負わせた火傷よりも、遥かに再生速度が遅いのです。

その奇妙な現象に違和感を覚えた私が固まっていると、まだ私の胸ぐらを掴んだままだったエクセレシィが突然動き出して、そのまま私を引っ張るように超音速で急降下し、私を地面に叩きつけました。

「げうっ……!?」

相対的に速度を減速したり、肉体の硬度を高めたり、肉体に生じる衝撃をゼロにしているとはいえ、高速で振り回されたらダメージは皆無とはいきません。一部の内臓や血管、それに血液などは硬化対象から除外しているので、遠心力によって負荷がかかってしまうのです。

さらにエクセレシィは地面に数メートルもめり込んだ私の足を掴むと、とんでもない勢いで振り回して私をブン投げました。

ちっちゃな身体が何度もバウンドしながら数百メートルも吹っ飛ばされて、先ほど私とエクスリアが投げ合っていた巨石に激突することでようやく止まりました。

「あ……ぅ……」

巨大な岩壁に身体をめり込ませた私はずるずるとずり落ちていって、最後にはぐしゃりと地面に落下してしまいます。

頭がクラクラする……吐き気も……。下手にいじるのが怖くて脳味噌は硬化対象から除外してたから、さっき振り回された遠心力で脳震《のうしん》とうを起こしてしまったのかもしれません……。

攻撃魔法はことごとく効かなくて、防御魔法も突破されてボロボロになって……あとおまけにファーストキスまで奪われて……もう最悪……。

私がかなり最低な気分に陥っていると、ボロボロで横たわる私のすぐ傍に足音が響きました。

「もう降参か？」

倒れたまま動かない私に、少し残念そうな声色が降りかかってきます。この口調はエクスリアかな。

さっきとは立場が真逆ですね……ネメシィは私を殺さないって言ってたけど、エクスリアはどう思ってるのかな。仮に私が本当に降参したら、このまま見逃してくれるのかな。

……ああ、ダメだ、体調が悪くて弱気になっちゃってる。私は絶対に負けるわけにはいかないのに。

私が吐き気を我慢しながら黙って横たわっていると、微かな発光の後、私を見下ろしている気配が二つに増えました。

「やりすぎだよエクスリア！　セフィリアちゃんはまだこんなにちっちゃいんだよ⁉」

「バカ、ちっちゃくても俺だけだったら負けたんだぞ？　んなこと気にしてられるかよ！」

「それになんでっ……キ、キ、キスなんてするの⁉　女の子の唇を奪うなんて最低だよ！」

「あのまま口を封じなきゃ、脳天貫かれてまた殺されてただろうが！」

私をほったらかしにしたまま口喧嘩を始める二人を、私は目眩《めまい》のする視界で見上げていました。

その後もしばらく言い合っていた二人でしたが、やがて私がゆっくりと体を起こすと、二人はピタリと喧嘩をやめて私へと向き直ります。

「セフィリア、もう降参するか？　だったらもう、お前の怪我を治してやるけど」

「乱暴してごめんね、セフィリアちゃん。でもボクたちも手加減できる余裕がなくって……」

私を心配そうに見下ろしていた二人でしたが、しかしそこでエクスリアが少しだけ不服そうな表情で口を開きました。

「だけどセフィリア。お前、まだ何か隠してないか？　なぁ、ネメシィもそう思わなかったか？」

「え？　そ、そう？　ボクはべつに……。どうしてそう思ったの？」

「いや、別に根拠はないんだけどさ。でもなんか引っかかったんだよな」

無言でエクスリアを見上げる私に、彼はしゃがみこんで私と目線を合わせると、無邪気な表情で言い放ちました。

「もしまだ力を隠してるなら本気を出してくれ、頼むよ。俺たちは一度でいいから負けてみたいんだ」

それを聞いた私は、地面にへたり込んだまま、俯きながら苦笑します。

「……いいよ、わかった」

そんな私の呟きに、エクスリアは嬉しそうな顔を、ネメシィはとても驚いたような表情になった。

……生まれついての強者で、負けたこともなく、絶望したこともなく、守るべきものもない二人にはわからないだろうね。

……私の価値は、勝利にしかない。

何一つ取り柄のない私が、前世で唯一身につけたプログラミングの技術。それが何の因果かこの世界で役に立って、今日までいろいろなものを守ってこられた。

魔法があったから盗賊から家族を守れた。

貴族になってお母さんの自慢の娘になれた。

ネルヴィアさんの名誉を回復できた。

レジィたち獣人族を救って繋がりを手にできた。

ケイリスくんの過去に決着をつけられた。

ルローラちゃんたちエルフ族の抱える問題を解消できた。

教師として帝都での居場所を手に入れることができた。

盗賊に勝って、御前試合で勝って、獣人族に勝って、リルルに勝って、エルフ族に勝って、ドラゴンに勝って、プラザトスの闇に勝って、魔族の軍勢にも勝った。

私の価値はこれしかない。魔法が、強さが、勝利が私の唯一の価値。負けたら何の価値もない。

だから絶対に負けられない。これからも勝ち続けないといけない。

もうあんな惨《みじ》めな思いはたくさんなんだから。

死にたくない。見捨てられたくない。

〝負けてみたい〟だって？　笑わせるよね。

「わたしは……まけられないんだ……!!」

そう言って二人を睨み付ける私に、エクスリアとネメシィは恐ろしいものでも見たかのような顔になって、一歩後ずさった。

ざわざわと私の白金の髪が持ち上がって、私の周囲の地面に亀裂が走る。

ここからは正真正銘の全力だ。ここからが本当の勝負だ。生まれて初めての本気だ。

可哀想だから本当は使いたくなかったんだけど……あなたたちが強いのが悪いんだよ。

あわてて再度合体してエクセレシィとなった二人に、だから私は静かに告げた。

「おねがいだから、しなないでね」

エクセレシィの目の前へと六百倍の速度で移動した私は、衝撃を操る魔法を発動しながら彼女のお腹を思いっきり殴った。

その瞬間、衝撃波を撒き散らすほどの速度でエクセレシィが吹き飛んでいく。私は衝撃の余波で爆《は》ぜた地面を空中で蹴りながら彼女を追いかけて、まだ殴られたことに気が付いてさえいないエクセレシィの横っ面を、さらに思いっきり蹴り飛ばした。広範囲の地面が弾け飛ぶほどの衝撃が撒き散らされる。

首から上が消し飛んだことでエクセレシィが即死して、魔法無効化が自動発動した。この能力が発動すると、魔法による数値変化がしばらく無効化されてしまうので、同じ魔法で連続してダメージを与えることはできない。今回の場合、しばらく衝撃波の魔法は使えなくなる。

だけど時間経過か、あるいは無効化できる数に上限数があるのか、以前無効化された魔法でもしばらくするとダメージを与えられるようになる。

つまり代わる代わる違う魔法で攻撃し続ければ、ダメージを与え続けることができる。

とてつもない速度で数百メートルは吹っ飛ばされていくエクセレシィに走って追いついた私は、三千度に熱した爆風を彼女に叩きつけた。

大地を砕き溶かすような大爆発でさらに吹き飛ぶエクセレシィを追いかけると、彼女の身体をマイナス二百度で凍結させながら回り込み、隆起《りゅうき》させた大地を鉄のような硬度にしてから秒速千メートルで撃ち出して激突させる。

エクセレシィの再生が追い付かないくらい徹底的に、何度も何度も叩きつけて、吹き飛ばした。

気が付くと、見渡す限り平坦だったはずの彼岸帯には、たくさんの山や崖ができあがってしまっている。

いろいろなものを撒き散らしながら空中に放り出されたエクセレシィの足首を掴んだ私は、一瞬だけ彼女の体重を減算して振り回すと、私の手を離れた瞬間に体重を五千キロに、速度を秒速三千メートルにしてブン投げた。

最初に戦いを始めた巨大な岩山にエクセレシィを叩きつけた私は、山に巨大な亀裂を走らせて深々とめり込んだ彼女へと最大威力の蹴りをお見舞いした。その衝撃波で巨大な岩山の手前半分が木っ端微塵に消し飛んで、残りの半分が雪崩《なだれ》のように崩落してエクセレシィを生き埋めにしてしまう。

私は時間の加速を緩めると、ホッと一息ついた。やっぱり時間加速は消耗が激しい。

次なる攻撃の準備を整えた私は、いつまで経ってもエクセレシィが崩落した岩山から出てこないことに眉を顰《ひそ》めた。隠れて反撃の準備でもしてるのか？

ほら、出てこい。

「『北風と太陽《ピースフルウォーマー》』」

私が呟くのと同時に、崩落した岩山が大噴火を起こした。

とんでもない轟音と共に溶岩が雲の上まで打ち上げられて、周囲一帯にマグマや火山弾を降り注がせる。

するとオレンジ色に輝いていた地面が瞬時に黒っぽい岩に変わった。変化の中心部には、さっきまでとは別人みたいに鬼気迫る表情をしているエクセレシィがいた。

彼女は勢いよく翼を羽ばたかせて飛翔すると、その輪郭《りんかく》を大きくぐにゃりと歪ませる。

直後、左手に燃え盛る炎剣を携えたエクセレシィが十数人ほどに増えて、それらが火山弾の降り注ぐ中、超音速で私の周囲を飛び回った。

分身？　分裂？　本当に増えてるんだとしたら厄介だしすごいね。

関係ないけどな。

「『殲攻炸裂弾《サタングレネード》』」

魔法名を唱えた瞬間、私の頭上で光と音が炸裂した。

いや、それらを光とか音だなんて表現するのは生ぬるいかな。光は一瞬で網膜や皮膚を焼き焦がすレベルだし、音というよりは衝撃波そのものだから、鼓膜どころか肺が破裂する。

もしかしたら彼岸帯の外にまで閃光や騒音が届いたかもしれない……私が主義を曲げて開発した〝魔導兵器〟は、その辺りの気遣いが欠如しているから。

光と音が止むと周囲の分身はすべて消えていて、空を飛んでいたらしいエクセレシィがまっ黒焦げになって血を吐きながら地面に落下していくのが見えた。

だけどあれくらいのダメージならすぐに再生するんだろうね。厄介な能力だ。

まぁ、でもそれは織り込み済み。今の魔法はダメージを与えることが目的じゃないから。

落下していたエクセレシィは地面に激突する直前で再生を終えたらしく、翼を翻《ひるがえ》して左手に炎剣を生み出した彼女は、私に向かって突貫してきた。

対する私は懐から小瓶を取りだすと、その蓋を開けてエクセレシィへと向けた。

「『漂白領域《メルトシャッター》』」

小瓶から放たれた〝そよ風〟は、風の槍《クリアランス》のように暴風を生み出すこともなく、熱狂の渦《グレートファン》のように周囲を焼き尽くすこともなかった。

だからエクセレシィは意に介さず突撃してきたのだろうけど、その浅慮《せんりょ》を彼女はすぐに後悔することとなった。

「ぎゃあああああっ⁉」

私に飛びかかってきたエクセレシィは、突然翼の制御を失って地面に激突した。彼女は顔を押さえながら地面にうずくまって、壮絶な悲鳴をあげ始める。敵の目の前で無防備な姿を晒しているとか、そんなことにさえ頭が回らないほどの激痛なんだろう。

そもそも彼女ほど強ければ、普段ダメージを受けることさえないはず。それでもごく稀に殴られたり焼かれたりすることはあっても、それらは一瞬で回復できるから我慢できないことは無いのかもしれない。

だけどこの魔導兵器は、そんな単純な攻撃とは一味違う。

「かッ、ゲホッ……!!　うぇ、げふっ、がはっ……!?」

どうやらダメージが喉や肺にまで回ったらしい。涙や鼻水をたくさん流しながら苦しそうに喉と胸を押さえて、呼吸困難に喘《あえ》ぐエクセレシィ。

……やっぱりすぐには回復できないんだ。エクセレシィの再生速度の基準が、なんとなく見えてきたな。

今までエクセレシィが即座に再生できたダメージは、熱による火傷と衝撃による肉体欠《けっ》損《そん》だ。逆に再生に時間がかかったのは、電撃による麻痺や火傷と、さっきの閃光と衝撃波、それに今の攻撃。

私はその差の線引きが何で行われてるのかと考えた末、〝既知か未知か〟であると判断した。

要するに、エクセレシィが理解している現象については即座に再生できる。ただし、エクセレシィが初めて見る現象だったり、何が起こっているのか、何によってどこへダメージが与えられているのか理解できなかったりした時、それが再生速度の遅さとなって現れるんじゃないかな。

おそらくだけど、再生速度の他にも消費魔力だって大きく変わってくることだろう。なんせ、魔法を発動するのにも〝現象に対する理解〟というのが重要だとボズラーさんが言っていたし。それは魔族の開眼《シャンテラ》と言えど、そう変わりはないはず。

ただでさえ科学の発達が遅れているこの世界で、さらに科学とは無縁の生活を送っているであろう魔族。そんなエクセレシィが、電気の存在や仕組みを知っているはずもない。

静電気と雷を結びつけるのなんて絶対に不可能だよね。

先ほどの閃光と爆音も、エクセレシィは今でも何をされたのかわかっていないかもしれない。

ましてや……私が前世の理科の実験で習った、食塩水の電気分解によって何を抽出できるのかなんて、理解できようはずもない。

濃度百パーセントの〝塩素〟を吸引してしまったエクセレシィは、生きたまま眼球や体内を溶かされるという地獄の苦痛に耐えながら腕を振るった。

それだけで半径五十メートルほどの地面が大爆発を起こして吹き飛んだけれど、私はそんな爆発の中でも平然と突っ立って、苦しみ喘ぐエクセレシィを無感動に見下ろしていた。

私はさらに懐から別の小瓶を取りだすと、蓋を外してエクセレシィに向けた。

途端にエクセレシィの喉から「ひっ⁉」という引き攣るような声が漏れたけれど、私は気にせず魔法を発動する。

「『死負痛《アーブニア》』」

私の声にビクリと肩を震わせたエクセレシィは、なりふり構わず上空に向かって飛び立った。また似たような攻撃をされると怯えたのかもしれない。

でも今のはただの純粋二酸化炭素ガスだから、ただ意識を混濁させて数秒ほどで即死させるだけの優しい魔導兵器だ。

私は周囲を見渡して、たった今エクセレシィが吹き飛ばして抉った地面から水が噴き出し、大きな水たまりができ始めていることを確認した。

そのため私は懐から十個ほどのガラス玉を取りだして、湧き水に放り込む。

それから私は上空のエクセレシィを仰ぎ見ると、彼女が荒く肩で息をしながら私を見下ろしているのを確認した。

よし、視力は回復してるみたいだね。

「『冤罪脚光《ナウジアシアター》』」

魔法の発動と同時に、私の周囲は完全にブラックアウトして闇に閉ざされた。

こうしないと、私自身でさえもこの魔導兵器の悪影響を受けてしまうからね。

数秒後、どうやら魔法無効化を発動したらしいエクセレシィによって私の周囲の闇は取り払われた。見るとエクセレシィは口元に手を当てて、とっても気分が悪そうだった。

超高速で明るい光と暗闇を交互に繰り返すこの魔法も、たしか中学の理科の実験で経験したものだった。この現象をジッと見てしまうと、何故かは知らないけれど即座に気分が悪くなる。

だけど現在エクセレシィを襲っているであろう体調不良は、それだけが原因じゃない。

さっき強烈な閃光と轟音を放った際、エクセレシィの感覚が麻痺しているうちに、私は別の魔法を発動していた。

『聞こえざる轟音《ディープサウンド》』。

人の耳には感知できない超低周波の爆音を生み出す魔導兵器で、エクセレシィは気づいていないだろうけど、さっきからずっと発動していた。

詳しいことは知らないけれど、この低周波音に長時間晒され続けると体調を崩すと前世で聞いたことがあった。だから私はその低周波音が耳に聞こえないのを良いことに、もしも可聴域だったら鼓膜が吹っ飛ぶような大音響で鳴らし続けている。

その威力がどれほどかはわからないけれど、エクセレシィのあの様子なら、多少なりともダメージは与えているみたいだね。

エクセレシィが理解できない現象による攻撃は、再生にかなり負担がかかる。

そして彼女が攻撃されていることにさえ気が付いていなければ、再生することさえできない。

けど、顔色を真っ青にさせて吐き気をこらえているエクセレシィは、まだ戦意が旺盛《おうせい》みたいだった。

負けたいとは言っているものの、それは彼女たちの持てる全力を出し切っての敗北が望みであって、死力を尽くして戦わなければ意味はないんだろうね。

だから私にしてあげられることは、彼女の切り札を一枚一枚破り捨てて、最後の最後まで徹底的にねじ伏せてあげることだけだ。

「『焼け水に石《クリアマイン》』」

私が新たに魔法を発動させながら、指をクイクイッと曲げて「かかってきなよ」と挑発すると、エクセレシィは少し引き攣った笑みながらも、なんだか楽しそうに笑っていた。

すると彼女は自身の右側に黒い板《ワームホール》を生み出して、その中に飛び込んだ。私は自身の時間を加速しながら周囲に視線を走らせて、彼女の行方《ゆくえ》を冷静に追った。

さっきはパニックになってエクセレシィの思う壺になってしまったけど、今はかつてないほどに頭が醒めきっている。まったく心がざわつかないし、恐怖とか余計な感情もない。

エクセレシィは黒い板《ワームホール》から黒い板《ワームホール》へと次々に移動を繰り返すことで、私を攪乱《かくらん》するつもりらしい。

また閃光と爆音で黙らせても良いんだけど……もうその必要はないかな。

私は周囲の湧き水からどんどん水が溢れて出てきているのを横目で見つつ、その水面に浮かんでるガラス玉が大量の細かい泡を発生させているのを確認した。

そしてついに、私のすぐ背後で黒い板《ワームホール》が出現して、その中からエクセレシィが飛び出してきた。

「!!」

私は驚いたような表情を浮かべながら振り返ると、エクセレシィから距離を取ろうと後ろに飛ぶ。

当然、そうはさせまいとエクセレシィは私へ肉薄しながら、左手を振るう〝溜め〟を行った。すでに彼女は、剣の柄《つか》に手をかけたような状態となっている。

「うぉぉおおおおおっ!!」

エクセレシィにとっては千載一遇《せんざいいちぐう》の好機。彼女には私に対する有効打がある。

ガード不能の炎剣を私は防ぐことができず、当たれば即死。出し惜しみをする理由はない。

……だからこそ、私はこの局面で彼女が炎剣に頼ると確信していた。

けれどもそれは、あなた自身の首を絞める結果につながるんだよ。

エクセレシィがその事実に思い至らないのも無理はない。彼女は日本の義務教育を受けたこともなければ、科学者に師事して研究に没頭していた過去もないだろうし。

だから当然、真水に電気を流すことで〝水素〟と〝酸素〟を得られるだなんて……知る由もない。


エクセレシィが左手に炎剣を生み出した瞬間、辺り一帯を吹き飛ばすような大爆発が発生した。


もちろん結界などでばっちり防御している私は、爆心地にいたにもかかわらず髪の毛一本すらそよがなかった。

だけどエクセレシィは違う。彼女は攻撃のための能力を発動した瞬間だった。強力無比な能力を多数備える彼女の数少ない弱点は、一度に複数の能力を発動できないことにある。

だからエクセレシィの攻撃の瞬間が、彼女にとって最大の弱点となり得る。

二つ目の弱点が、彼女は瞬間的・非魔法的な損傷に弱いということ。魔法無効化が発動するのは彼女の意思によるものなので、彼女が攻撃を受けたと認識するまでの一瞬がタイムラグとなる。だから電撃や閃光などの速すぎる攻撃や、意識の外から加えられる不意打ちのような攻撃は緩和することができない。そして、そもそも攻撃が魔法による現象じゃない限り防ぐ手立てはない。

もっと言えば、同じ火傷でも熱風によるものと電熱によるものでは再生にかかる負担が大きく変わってくる。だから、たとえ単純な爆発であっても、そこに至るプロセスに未知の現象が関わっていた場合には大きなダメージを見込める。

以上三点が、ここまでの戦いで見抜いた彼女の弱点。

つまり……私を仕留めるため攻撃へ意識が傾いて防御が疎かになった一瞬、彼女自身の左手が爆心地となる不意打ちで、魔法の関わらない化学反応による未知の物理現象がもたらす即死。これがエクセレシィに最も致命的なダメージを与える手順だと分析した。

私は気圧や温度まで完璧に調整された結界の中で満足げに頷き、それから爆発によって生じた水が周囲に雨となって降り注ぐ中、エクセレシィを探した。

しばらく辺りを歩いていると、私はボロボロで地面にへたり込むエクセレシィを発見した。全身が黒焦げになって、消し飛んだ左腕を再生してる途中みたいだけど、まだまだ瞳は闘志に溢れているみたい。

「……認めてやる。お前は俺たちよりも強い」

徐々に左腕も生えてきて、もうほとんど見た目にはダメージが無くなったエクセレシィが、かなり疲弊した表情で呟いた。

しかしそう言う割には、敗北を悟った悲観的な雰囲気というものは感じられない。むしろ、これから切り札でも出さんばかりの勢いだった。

そして事実、どうやら切り札を出すつもりみたい。

「これは触れたことのある生物に変身する能力だけど、今まで役に立ったことは一度もない。なんせ俺らより強い生物なんて、ついさっきまで会ったことがなかったからな」

そう言って翼の色を変えたエクセレシィに、私はちょっと嫌な予感を覚えた。

「だけど今日、初めてこの能力が役に立ちそうだ……！　セフィリア、確かにお前は強い！　だけど〝お前自身〟を相手にしても、同じように圧倒できるか⁉」

私が動く前に、彼女はその能力を発動してしまう。

エクセレシィの周囲に風が逆巻き、彼女の姿を一瞬だけ覆い隠した。そして風が周囲へと拡散して吹き散った時、その中から現れたのは〝私そのもの〟だった。

身長や体格、髪や瞳の色はもちろんのこと、衣服や装飾まで完全に同じ。私のお母さんでも見分けがつくものか怪しいかもしれない。

そして先ほどのエクセレシィの言葉から察するに、あれは単に外見を真似するだけでなく、〝強さ〟まで完全に再現することができる能力なのだと思う。……もしそうであれば、かなり厄介な戦いになりそうだね。

私が警戒して腰を落とすと、けれどもそこで予想外のことが起こった。

「う、がっ……ああああああああああっ⁉」

私の姿をしたエクセレシィが、突然頭を抱えてその場に崩れ落ちた。私は自分が苦しんでいる姿をまじまじと見せられるという稀有《けう》な経験をしながらも、一体どうしたのかと目を細めて困惑してしまう。

すると頭を抱えながら地面にうずくまって絶叫していた彼女が、恐怖や戸惑いにも似た表情で私を睨み付けてきた。

「ぐっ、ううっ……⁉　なんだ、これ……この呪文の量は……‼　それにっ、なんだこの記憶は⁉　この世界はなんだ⁉　お、お前は一体……何者なんだっ⁉」

そんなことを叫び出したエクセレシィに、私は内心でちょっとヒヤッとした。もしかしてあの変身能力は、記憶や魔法術式まで一緒に読み取れるの？　だとしたら、私の前世の記憶を覗かれてしまったかもしれない。……いや、だからどうってことはないんだけどさ。

エクセレシィは堪らず変身を解除して、元の姿に戻った。全身からひどい汗を流している彼女は、見るからに顔色が悪くなっている。かつて私の頭の中を覗こうとして自滅したルローラちゃんみたいに、私の脳内に詰まっている呪文を一気に流し込まれて、大量の魔力を消費してしまったのかもしれない。

……変身して私の脳みそを手に入れても耐え切れないんだ。ということは、思考を行っている中枢は脳ではなく……。

と、そんなことを考えている場合じゃないか。

荒い息を吐いて膝をついているエクセレシィに向かって、私はおもむろに左手を向けた。

「『矯正経路《ストレートフラッシュ》』」

魔法が発動した瞬間、私の衣服で増幅された莫大《ばくだい》な電流が、私の左腕から発射された。

その際、私とエクセレシィの間にある空間を一瞬真空状態にすることで、電気をギザギザに蛇行させることなく、まっすぐ極太のレーザーのように収束させて撃ち出す。

今回私が生み出した電流は今までとは桁《けた》が違っていて、正真正銘〝雷〟と呼べるような威力になっている。

真空の道を通ったため雷は無音のまま一瞬でエクセレシィに直撃すると、そこでようやく彼女の背後にあった空気を爆発させながら大音響の雷鳴を轟かせた。レーザーのように収束していた雷は空気抵抗によって木の根のように枝分かれしながら大気に拡散していき、期せずしてかなり幻想的な光景を生み出してしまった。

雷の直撃を受けたエクセレシィは、髪の毛を逆立てながら真っ黒に炭化している。そしてやっぱり再生速度が遅い。

黒煙を立ち上らせながらうつ伏せに倒れたエクセレシィに、私はゆっくりと近づいていった。すると私が彼女のすぐ傍に寄ったタイミングで、突然彼女は弾かれるように上体を起こすと、左手に生み出した炎剣で私へ不意打ちを仕掛けてくる。

当たり前だけど、戦闘中の相手に接近しながら油断なんてしてるわけがない。私は自身の時間を加速させて、エクセレシィの炎剣がゆっくりと自分に近づいてくるのを眺めていた。

それからさっき思いついたアイデアを実行するために、ぽつりと呪文を唱える。

「『真《イデア》・禁煙区域《アンチスモーク》』」

私はエクセレシィの手元に手を伸ばして、そのまま彼女の握る炎剣を素手で握り潰した。

「なっ……⁉　ボ、ボクの〝アペルヴィーシャ〟を……⁉」

どんな防御も無視するというのが特性だったのかもしれないけれど、私が使っている『真《イデア》』魔法と同じ仕組みだったみたい。要はポインタ変数の応用だ。防御貫通の攻撃も、タネが割れれば無効化も容易い。

そして、逆もまた然りだとは思わない？

「『凍る焔《クールダウナー》』」

私の握っていたエクセレシィの左腕が、真っ白に凍結した。

慌てて私の手を振り払ったエクセレシィは、私から距離を取りながら魔法無効化を発動したけれど……。

「温度が戻らない⁉　それに再生もしない……！　な、なんでだ⁉」

どんな防御も貫通する攻撃を無効化できるんだから、どんな防御も貫通する攻撃の再現くらいできて当たり前でしょう。

それでもエクセレシィは翼の色を変えると、すぐに左腕の凍結を解除した。

へぇ、すごい。無効化と再生以外にも、まだ回復手段を持ってたんだね。

左腕を治したエクセレシィは、けれども大量の汗を流しながら荒い息を吐いていた。消費魔力の多い能力だから今まで温存していたのかもしれない。

エクセレシィは、もう見るからに残りの魔力が少ないのが見て取れた。

私だって余裕を見せられるような魔力残量ではないけれど、さすがにあれだけ疲弊しているエクセレシィよりも先にガス欠になることは無いと思う。

それは彼女自身が一番良くわかっているのか、なんだか観念したように脱力してから、エクセレシィは薄い笑みを浮かべた。

「……最後にこの開眼《シャンテラ》を使った時は、手加減して撃ったコイツで南の〝腐敗大陸〟を半分くらい消し飛ばしたっけな」

そう言ってエクセレシィは爆発的な速度で上空へ飛び立つと、地上から彼女を見上げる私へ向かって全力で叫ぶ。

「今までコレを全力で撃ったことは一度もねぇ！　この世界を壊しちまうかもしれないからな！　だから俺にもどうなるかはわからねぇ‼」

叫ぶエクセレシィが地上に向かって両手をかざすと、途轍もない轟音と共に、空間に亀裂が走り始めた。

いや、それはよく見ると真っ黒な放電のようなもので、それを全身から放つエクセレシィの周囲はどんどん空間が歪んでいく。

「逃げるなら逃げろ！　躱すなら躱せ！　防げるもんなら防いでみろ‼」

明らかに私の知ってる物理現象じゃない。なんの数値を操っているのか、想像もつかない。もしかするとエクセレシィは莫大な魔力に物を言わせて、完全に未知の物質や現象を生み出しているのかもしれない。

もしそうなると、果たして私の魔法で防げるかどうか……撃ち出されるのが重力のような質量を持たない力だとしたら、私の消滅魔法でも防ぎきることはできない。

私は一瞬悩んだ末、周囲数キロの地表面に薄く〝消滅結界〟と〝停止結界〟を張った。

気休め程度だけど、さすがに私の大切な人たちが生きるこの大陸を消し飛ばさせるわけにはいかない。

その結界の上にふわりと浮かんだ私は、莫大なエネルギーを纏うエクセレシィをまっすぐに見据えて対峙する。

敵である私を心配していたあの二人が、本気で私ごと大陸を消し飛ばそうとしているとは思えない。きっと私なら防げると思ってるんだ。

……その信頼に応えてやろうじゃない。

やがて空間の歪曲《わいきょく》や亀裂が爆発的に膨れ上がった瞬間、それは放たれた。

「『熾天の弔旗《ソリオス・ノムス》』に伏して散れ!!」

空気の爆ぜる轟音と共に、一瞬で私の視界が真っ白に染まる。それと同時に、私の脳にとんでもない負荷がかかるのを感じた。

おそらく私が周囲に張り巡らせた結界が一斉に作用しているからだと思うけど、これだけの広範囲攻撃をずっと続けていたら、先にバテるのはエクセレシィの方だと高《たか》を括《くく》っていた。

しかし時間が経つにつれ、この光の勢いは衰えるどころかむしろ増していく。私の脳にかかる負荷が大きくなっていくことからも、そのことは明白だ。

……このままじゃマズイ。

理屈はわからないけど、おそらくこれはエクセレシィの魔力残量にかかわらず長時間の大規模攻撃を可能にする能力だったらしい。

たとえ敵にこの攻撃を防ぐ術があったとしても、そのために使った防御魔法で魔力を使いきらせて焼き殺すという能力なのかもしれない。

とにかくこのまま防いでいても、先に力尽きるのは私である可能性がある。

私の魔力も無限じゃないし、こうなったらこちらも切り札を使うしかない。

神話で語られてる『逆鱗竜《シャータンドラゴン》』の奥の手であり、勇者アイン様を殺しかけたと語られる〝透明な炎〟。シャータンドラゴンがどんな窮地《きゅうち》に陥っても決して横には撃たなかったというその滅亡の息吹を、私は今日のために魔導兵器として再現してきている。

全てを覆い尽くす光の中で、さっきエクセレシィが見えていた場所に向かって右手をかざした私は、ありったけの魔力を篭《こ》めたその一撃にすべてを託した。

「『逆鱗の息吹《シャータンブレイズ》』」

私の手から光速で放たれた〝透明な炎〟は、一直線にエクセレシィを撃ち抜いた。

直後、この彼岸帯を覆い尽くさんとしていた莫大な光は嘘のように掻き消えて、私の視線の先でエクセレシィが真っ逆さまに落下していく。

私は周囲に張った結界を解除しつつしばらく様子を窺っていたけれど……地面に落下してピクリとも動かなくなったエクセレシィに、恐る恐る近づいていく。

地面に手足を投げ出して仰向けに横たわるエクセレシィは、一切の外傷もなく眠るように死んでいた。呼吸が完全に止まっていなかったら、寝ているだけにしか見えない。

もしかして本当に死んじゃった……？　とかなり不安に思っていた私だったけれど、三分ほど辛抱強く待っていると、

「……ぅ」

か細い声と共に、エクセレシィはかすかに目を開いた。

よ、よかった～！　死んでなかった!!　いや死んでたけど！　何度も死んでたけど、本

格的に死んではいなかった!!

……だけどさすがにやりすぎちゃったかな。いくら再生能力があるとはいえ、あの魔法を浴びたら全身の細胞が壊死《えし》してＤＮＡがズタズタに引き裂かれるはずだし。

目を覚ましてからも身体を動かす気配のないエクセレシィに、私は恐る恐る質問してみる。

「どうする？　まだやる？」

「……勘弁してくれ……俺たちの負けだ……」

「そっか、よかった」

私が心底ホッとしながらそう言うと、エクセレシィは苦虫を噛み潰したような表情を浮かべました。

正直私ももう限界が近くって、徹夜五日目みたいな脳の疲労度でした。クラクラしちゃって、気を抜いたら今にも意識を失ってしまいそうです。

私が深々と溜息をつきながらエクセレシィの隣に座ると、彼女は横たわった姿勢のままで口を開きました。

「……手も足も出ないってのは、まさにこのことだな」

「あなたもじゅうぶんつよかったよ。ただ、わたしにはまけられないりゆうがあっただけ」

すると、なんだか弱弱しい表情を浮かべたエクセレシィが、

「……約束は約束だ。戦争推進派の魔族たちは俺が全員ぶちのめしといてやるよ」

「ありがとう。おねがいね」

喋っているうちに、エクセレシィは全身の再生を終えたみたいでした。彼女はおもむろに身体を起こしたので、私はびっくりして彼女に訊ねます。

「なんか、けっこうげんきそうだね？　じつはまだまだたたかえたりするの？」

「ううん、もう魔力がすっからかんだよ。次は多分、なにを食らっても死んじゃうよ」

じゃあ今生きているのは、かなりギリギリの綱渡り的な状態なんでしょうか。本当に死ななくてよかったです……。

と、そんなことを考えていると、エクセレシィはなんだか泣き出しそうな表情を浮かべていました。

「……ずっと負けたいって思ってたからなのかな……こんなにこっぴどく負けたのに、全然悔しくないんだ」

ちょっと卑屈な笑みを浮かべるエクセレシィのそんな言葉に、私はちょっとだけ同情心が湧き起りました。強さが絶対とされる魔族において、強すぎるあまりに疎外されて孤独となった異端の存在……それが彼女なのです。

そんなエクセレシィの独白《どくはく》に対して、私はちょっとだけわかったようなことを言ってみることにしました。

「あなたは、ほんとにわたしとたたかいたかったの？」

「……え？」

「たたかうためにわたしをさがしてたってきいたけど、ほんとにわたしとたたかうためだったの？　わたしとたたかって、どうしたかったの？」

私の問いに、エクセレシィは地面にへたり込んだまま目を白黒させています。

たしかに魔族にとって戦いはとても重要なものです。それは魔族が強さを重んじる生き物であるためで……しかし強さそのものが絶対の価値であるとは、どうしても思えないのです。

事実、エクセレシィは強すぎるという理由で魔族に敬遠《けいえん》されています。強いからといって、問答無用で敬われるわけではありません。

うちの獣人たちがそうであったように、戦いというのは魔族にとってスポーツであり、コミュニケーションツールの一つなのかもしれません。それを通じて他者と繋がるための、一つの要素。

だからこそ、他者と関係を築くつもりのない強いだけの存在は疎《うと》まれ、強さによって誰かを守ったり、喧嘩して絆を深めたりする者は支持を集めるのではないでしょうか。

ではエクセレシィは、その強さを通じて、私の強さに惹かれて、それで最終的にどうなりたかったのかと考えるに……。

「ね、エクセレシィ。ううん、エクスリアと、ネメシィ。よかったら、わたしと〝おともだち〟にならない？」

私がそう言うと、エクセレシィは呆気にとられたように固まってしまって、それから「えっ」と間抜けな声を漏らしました。

そしてしばらくすると彼女は微かに発光して、肉体を二つに分離します。

少年の方のエクスリアは慌てたようにそわそわとしていて、ネメシィは顔を赤くしてあわあわしちゃってました。

「と、友達って、あの友達か？　俺たちが？」

「……いいの？　さっきまで戦ってたんだよ、ボクたち……？」

「うん！　……だめかな？」

「だ、だめじゃないよ！　でも、どうして……？」

「うーん。ふたりは、わたしがつよいってきいて、たたかうためにわたしをさがしはじめたらしいけど……ほんとはあなたたち、〝なかま〟がほしかったんじゃないかな～っておもって」

「……仲間？」

エクスリアとネメシィが声を揃えて聞き返してきたのに、私は「うん！」と笑顔で応えます。

「いままでさびしかったんじゃない？　おんなじくらいつよいあいてもいないし、みんなこわがってちかよってこない。だからあなたたちは、じぶんをこわがらないあいてをさがしてたんじゃないかな？」

「……そう、なのかな。セフィリアちゃんの強さを聞いた時、ボクたちすごく嬉しくなったんだ。なんだか、ボクたちの他にも、同じような子がいるんだって」

そう言って照れくさそうに頬を掻くネメシィと、私は笑い合いました。

すると彼女の隣で仏頂面をしているエクスリアが、

「と、友達って、なにするんだ？　戦うのか？」

「たまにケンカしたりもするけど、たたかいはしないかな。けどね、たたかいよりもずっとたのしいことが、よのなかにはいっぱいあるんだよ。わたしがふたりに、それをおしえてあげる！」

私がそう言うと、二人はちょっぴりほっぺを赤く染めながら目を丸くさせて、それから顔を見合わせていました。

それから二人は小さく頷き合うと、私に向かって身を乗り出して、

「えへへ……ありがと、セフィリアちゃん！」

「……よ、よろしくなっ、セフィリア」

あれだけボコボコにされたり何度も殺されたりしておきながら、意外なくらいあっさりと誘いに応じてくれたところを見ると、やっぱりこの二人はずっと寂しい思いをしていたみたいです。

この二人が魔族の間でどんな扱いを受けてきたのかは知りませんが、彼女たちと対等な関係を築けるのは、人族や魔族を含めても多分私だけだと思います。

それに、これだけ強い彼女たちを野放しにしておくのは危険ということもありました。

だから私が監視の意味も込めて、目の届くところに置いておきたかったのです。

だけど友達になると言ったからには、ちゃんと彼女たちに戦い以外の楽しいことを教えてあげて、孤独から救い出してあげたいと、私はそう思うのです。

こうして、私にこの世界で初めてのお友達ができたのでした。

エピローグ　神童セフィリアの未来設計図

陽もすっかり傾いて、空が橙色《だいだいいろ》に染まる夕暮れ時。

私はボズラーさんに抱かれながら、彼の胸に頭を預けてボーっとしていました。

彼に言わせると私の歩く速度は遅すぎるらしく、なんだかんだで私と歩く時は抱きかかえてくれるのです。まぁ、代わりに周囲の空間ごと重量減算を行っているので、ボズラーさんも私を抱いていない時よりむしろ体が軽くなっていると思いますが。

ぶっきらぼうなボズラーさんの手つきは、けれどもとても優しくて、それにあまり私を揺らさないように気を遣って歩いてくれています。

だからでしょうか、ついうっかり……。

「ふわ～ぁ」

私はおっきな欠伸《あくび》をしてしまうと、ハッとしながら慌てて口元を両手で覆いました。

間近にあったボズラーさんの顔を恐る恐る見上げると、彼は少し意外そうに目を見開いています。

「お前が欠伸とは珍しいな。そんなに疲れてるのか？」

「あー、うん……さいきん、いろいろあったから」

私の言葉に、ボズラーさんは苦笑交じりに「いろいろ、ね……」と呟きました。

なんですか、その何か言いたげな顔は。教師業の合間にやってるんだからいいじゃないですか。

私が「なぁに？　なにかもんくでもある？」と不満げな顔をすると、ボズラーさんはますます苦笑して、

「いぇいぇ、人魔戦争を事実上の終結に導いた英雄、『魔王』セフィリア閣下に文句などあろうはずもありません」

そう言って戯《おど》けた敬礼をするボズラーさんに、私はほっぺを膨らませて「ふんっ」とそっぽを向きます。

私が先日新たに賜った称号は、『魔王』じゃなくて『魔女』だってば！　それにまだ閣下じゃないし！

それから私たちは、どんどん人通りの少なくなる路地を歩きながら逆鱗邸へと向かいます。

途中、私の屋敷の前で祈りを捧げてきた帰りなのであろう元・久遠派の修道士さんたちが、感涙にむせびながら私に跪いてくるという見慣れた光景に出くわしましたが……。

夜になると相変わらず不気味な外観である私の屋敷に着くと、私たちは逆鱗邸の玄関をくぐりました。

「ただいまー！」

私がそう言うと、すでに玄関前で待機していたみんなが出迎えてくれます。あれれ、いつもはレジィだけなのに。

ネルヴィアさんやレジィ、ケイリスくんと、それから私のお母さんとお兄ちゃん、そしてメルシアくんとヴィクーニャちゃんとリスタレットちゃん。……わっ、ルローラちゃんもいる！

「おかえりなさい！」

みんなが私たち二人を温かく出迎えてくれる中、ネルヴィアさんがとてもいい笑顔で近づいてくると、ボズラーさんの手から私を奪い取りました。

そして彼女は、ボズラーさんにニッコリ。

「いらっしゃいませっ……！」

「……お、お邪魔します」

謎の黒いオーラを発するネルヴィアさんの笑みに、ボズラーさんは引き攣った笑みを浮かべて無言で目を逸らすと、そそくさとメルシアくんの元へ避難します。

私はネルヴィアさんの顔を見上げながら、

「おそくなっちゃってごめんね？　きょうしつのおかたづけに、じかんがかかっちゃって」

「いいえっ、いつもお疲れ様です！　さぁセフィ様、準備は整っていますよ！」

そう言われてリビングへ移動した私は、そこでテーブル一面に並んでいた豪勢な料理に、思わず「わぁ！」と声を上げました。

いつも素敵な料理を振る舞ってくれるケイリスくんですが、今日はいつにも増して腕によりをかけてくれたようです。

「おいしそうだね、ケイリスくん！」

「今日はお嬢様のお母様にも手伝ってもらったんです」

「うふふ、今日はセフィの特別なお祝いだから、わがまま言って手出しさせてもらっちゃった」

そう言って微笑むケイリスくんとお母さんへの感謝の気持ちが浮かんでくると共に、中学生くらいの外見であるケイリスくんの隣に並ぶお母さんが、どう見ても彼と同年代にしか見えない悲しいリアル……。相変わらず人妻の外見じゃないです。お母さんこそ魔女だよ……。

ちなみに今日、みんなでこうして集まって何のお祝いをしようかと言うと、その祝福の対象は三つあります。

一つは、人魔戦争の事実上の終結。

その知らせが報じられたのは、私とエクセレシィが彼岸帯において激突した決戦……なぜか通称『終末戦争』などと物騒な名で呼ばれているらしいですが、それが終わった一週間後くらいのことでした。

「といっても、わたしはぜんぜんなにもやってないんだけどね。ほとんどエクスリアとネメシィがやってくれてるわけだし」

そう、実際に戦争終結のためにあれこれ動いてくれていたのは、最近私と親交を深めているあの二人であって、私は特に大それたことはしていません。

エクスリアは私との約束をしっかり守ってくれたようで、どんな手を使ったのかは不明ですが、とにかく戦争推進派とされる魔族のほとんどを叩き潰してくれたみたいなのです。

しかしそんな私の呟きに、豪華な食卓を囲っていた全員が一斉に顔を上げて、信じられないものでも見るかのような表情になりました。

「……セフィ様、ええっと、そんなに疲れてらっしゃるんですか？　もうお休みしますか……？」

「ご主人があの『魔王』を倒したから戦争が終わったんだろ？　しかも倒すだけじゃなく

て、味方に引き込んじまうし……」

「お嬢様は人族領と魔族領を『罫線区切り《ブラッククライン》』とかいう魔法で区切ったそうじゃないですか。大陸を真っ二つにするなんて、手作業でやったら何百年かかるかわかりませんよ」

「それに勇者さまが考案した『十戒《じっかい》』とか、魔族領は侵略しないっていうお触れのおかげで、一部の魔族から崇拝されてるんでしょ？　相変わらずだよねぇ」

「魔族側からは、完全にお前が人族の王か何かだと思われてるもんな。……人族側からは、お前が魔族の王か何かだと思われてるみたいだけど」

……いや、まぁ、たしかにいろいろやったけどさ。

でも『罫線区切り《ブラッククライン》』で大陸を真っ二つにするのもぶっちゃけ三十分くらいで終わっちゃったし、そんなにすごい偉業みたいに言われてもピンと来ないんですよね。なんかこう、十秒くらいで描いた落書きを美術館に飾られて絶賛されてるような気分です。

ちなみにルローラちゃんが言った『十戒』というのは、強者が絶対である彼らの世界に私が持ち込んだ法律のようなものです。

エクセレシィを破り、実質多くの魔族の生殺与奪《せいさつよだつ》を握ったといっても過言ではない私が、魔族たちに「今までと変わらない暮らし」と「身の安全」を保証する代わりに十個の禁止事項を言い渡しました。

「セフィリアの下す決定に逆らうことを禁ずる」
「他者・他種族の殺害および迷惑行動を禁ずる」
「他者・他種族の領地を侵犯《しんぱん》することを禁ずる」
「他者・他種族の所有物の損壊・強奪を禁ずる」
「他者・他種族への戦いの強要・扇動を禁ずる」
「他者・他種族を欺瞞《ぎまん》して害することを禁ずる」
「破壊活動等を目的とする組織の結成を禁ずる」
「申告および認可を伴わない戦闘行動を禁ずる」
「違反者と知りつつその者を匿《かくま》うことを禁ずる」
「上記の戒律への違反を黙殺することを禁ずる」

この禁止事項に違反した者の元には、もれなく私かその使者が〝ご挨拶〟に向かうこととなっています。

……私は働きたくないので、またエクスリアかネメシィにお願いして代わりに行ってもらうか、あるいは専門の警察組織でも発足してもらいたいものですが。

まぁ法律のようなものとは言っても、これはあくまで私を強者として頂点に置いて、その上で言うことを聞かせるという形なので、根本的なところでは強者絶対主義のまま何も変わってはいないのですけれど……。

しかし少なくとも、これで力や立場の弱い魔族たちを守ることはできるようになるでしょう。

いきなり全部を変えることなどできっこありません。なので少しずつ、弱者にも優しい世の中にしていきたいものです。

……と、こんなことを教師業の傍らでやっていたものだから、最近はすっかり寝不足になってしまっているわけです。

楽ちんでリターンも大きく、しかも楽しい教師業とは違って、本当はこんなお仕事なんてノーセンキューなのですが……しかし私が多少寝不足になるくらいで戦争を終わらせられるのなら、さすがにそれは少しくらい頑張ることも吝かではありません。……と言っても、ほとんどエクスリアとネメシィに丸投げしちゃってるんですけどね。

なんだか私の一言で食卓がざわざわしちゃったので、私は場の雰囲気をリセットする意味も込めて、メルシアくんとリスタレットちゃんの二人に向き直りました。

「わたしとしては、きょうのパーティはふたりのはつまほうをおいわいするのがメインなんだけどね」

私に水を向けられたメルシアくんはぴくっと飛び跳ねて、ほっぺを赤く染めました。リスタレットちゃんも照れくさそうにはにかんで、「えへへ」と笑います。

珍しくだらしない表情を浮かべるボズラーさんに見守られながら、メルシアくんはちょっぴり俯きがちになって、

「い、いえ、そんな……ちょっと風を起こせただけですからっ……！」

元々メルシアくんはボズラーさんに風魔法を教わっていて、すごく調子のいい日だったら頬を撫でるそよ風くらいは起こせるようでした。

しかし先日、私がエクセレシィとの戦いから帰ってきて三日目くらいに、とうとう教室中に巻き起こるレベルの、まともな風魔法を発動することに成功したのです！

「あのときのボズラーさんのはしゃぎっぷりは、すごかったよね～」

「……うるせぇな。お前だってログナくんが同じことできるようになったら、そうなるだろ」

うん。それはまぁ当然ですけどね？

そして一方、リスタレットちゃんはと言うと、メルシアくんとは違い風の操作は上手くいかないようでした。しかし代わりに彼女が明らかな適性を見せたのは……〝血液〟の支配です。

なぜかはよくわかりませんが、『それぞれ自分が最も適性のある支配対象を考えましょ

う』という授業を行った際に、彼女はほとんど迷わず〝血液〟を選択し、そして見事に増算魔法を成功させたのです。

……まぁ、なんでよりによって血液？　とか、血液の支配に長けた少女ってどうなの？とか、いろいろ思わないでもないですけど。

とにかくそういったわけで、戦争終結と時期を同じくした、このおめでたいニュースを、一緒に祝おうという運びとなったのです。

……それから最後にもう一つ。

お母さんが瞳を輝かせながらテーブルに身を乗り出して、感極まったように叫びました。

「まだ正式な叙爵じゃないけど、ついにセフィが公爵様になるんだものね!!　セフィが魔導師様になって『セフィリア閣下』になるっていう夢が叶うなんて……本当に夢みたい!!」

そう、魔導師様に任命される条件は、『魔術師を育てる』こと。ならばこうして幼い子供たちに、しかもたった一、二ヶ月という短い期間で魔法を教えることができたとなれば、十分すぎる功績なのです。

この世界の常識では、魔法を扱うには類稀なる才能と知能、そして圧倒的な知識量と魔力量が必要とされていました。風魔法に特化したボズラーさんでさえ、あの若さで魔法を操れる時点で超天才なのです。

乳児の頃から大魔法を連発できた私はさすがにイレギュラーすぎるにしても、メルシアくんとリスタレットちゃんは普通の子供です。そんな幼い彼らが魔法を使えるようになったという事実は、私が思っていたよりずっととんでもないことだったようです。

実際、ヴェルハザード陛下も「流石に数年はかかると思っていたのだが……」と驚いていましたし、帝国の偉い学者さんたちが「この目で見ないことには信じられない！」と学校に押し寄せてきたりもしましたし。

というわけで私は、魔導師となって公爵位を叙爵する条件を満たしたようでした。……まぁ、魔導師となるのは延期させてもらいましたけどね。

というのも、まだ全然私の満足いく結果に達していないためです。

お兄ちゃんとヴィクーニャちゃんはまだ魔法を使えていませんし、メルシアくんとリスタレットちゃんにしても、現段階で使えるようになった魔法なんて大したものではありません。

そもそも私の方針で、うちの生徒たちには魔術師になっても「戦わせない」という前提があります。

しかも今は戦争が終結したこともあり、ますます彼らが戦う機会はないでしょう。だというのに、空気や血液をちょっと増やせたからなんだというのでしょうか？

そもそもこの世界における『難易度の低い魔法』は、有用性が著《いちじる》しく低いか、あるいは殺傷能力が高いかのどちらかです。戦闘以外の用途で魔法を用いるのであれば、相応に熟練しなくてはなりません。

そういう意味では、まだ全然彼らをまともな魔術師にはできていませんし、それなのに出世をするというのは、なんだか後ろめたいというか、釈然としないというか……。

贅沢な話ですが、どうせ公爵になるのなら、生徒全員が魔術師一本で食べていくことができるくらい育て上げてからにしたいのです。

と、そんなこんなで今回のパーティは、諸々のおめでたい出来事を一気に祝う会なのです。

これであとは、もうすぐ戦地から帰ってこられるらしいうちのお父さんをお出迎えできれば言うことなしです。

「それじゃあみんな、ジュースは持ったかしら？」

サラサラな金髪を耳にかけながら、お母さんがコップを掲げて音頭《おんど》を取りました。

「セフィの勝利を祝して……かんぱーい!!」

「かんぱーい!!」

＊＊＊

……それから数時間。すっかり浮かれた私たちは、夜通し騒ぎ通すくらいの勢いで盛り上がりました。今日はみんな逆鱗邸でお泊まりの予定なので、多少ハメを外しても大丈夫です。明日の学校も午後からですしね。

子供たちが嬉しそうにはしゃぐ様子を見て微笑んでいるお母さんやボズラーさん、それにネルヴィアさんやケイリスくん。

子供たちに耳や尻尾をべたべた触られてちょっと不機嫌そうなレジィも、やれやれと目を細めて大人しくしていました。

皇位継承権第一位の大公女殿下であるヴィクーニャちゃんは、お友達の家にお泊まりなんてしたことがないそうです。そのため、いつものちょっと余裕ぶった笑みの隙間から、テンションの上がりようが隠しきれていませんでした。

「ククク……ところで、噂に聞く〝枕投げ〟なる宴《うたげ》はいつ開催されるのかしら？　ねぇ？　ねぇねぇ？」

なんだか興奮のあまり変なテンションになってるヴィクーニャちゃんが、そばにいるお兄ちゃんの服をちょいちょいと引っ張っています。

……本当は一人一部屋ずつ寝室は用意してるんですけど、初めてのお泊まりに興奮してるヴィクーニャちゃんのために、子供たちの寝室は一箇所にまとめちゃうのもいいかもしれませんね。この世界にもカードゲームというのは存在しているので、寝るまでみんなでお布団を寄せ合って遊ぶのも素敵かも！

私がそんな提案をすると、ヴィクーニャちゃんは瞳をキラキラと輝かせて「許可するわ！」と身を乗り出すのでした。

＊＊＊

その日の夜中。

同じ部屋に運び込んだベッドをくっつけた私と生徒たちは、私が教えたカードゲームで散々遊び尽くして、それから騒ぎ疲れたのかみんな寄り添って眠ってしまいました。

そんな彼らに布団を掛けてあげていると、そこで不意に眠っているはずのお兄ちゃんが「セフィ……」と寝言を漏らしました。その表情はとても穏やかで、良い夢を見られているようです。

ほかの生徒たちも穏やかな寝顔をしていて、私が無事に帰ってきたばかりでなく戦争が終結したことで、ずいぶんと肩の力が抜けているようです。

この子たちが生きていく未来を、私はこれからも守り抜かなければなりません。

恐ろしい強敵との戦いを乗り越え、どうにか手にすることができた平和。戦争も無事終結して、ようやくこれから新たな道を歩むことができるようになりました。

しかしこれはゴールではなく、始まりです。私自身もまだ一歳と少ししか生きていないのですから、これからも〝神童〟として……あらゆる手を尽くして働かない未来のために頑張ります。

そしてこんな私のことを大切に思ってくれている家族たちといっしょに、素敵な未来に向けて歩み続けていこうと思います。

――了

あとがき

初めましての方は初めまして、そうでない方はお久しぶりでございます。著者の足高たかみです。

この度は本作をお手に取って頂きありがとうございます。おかげさまで、ついにこの物語の区切りとなる第四巻の出版と相成りました。

後にも先にも最強となる今作の敵との最終決戦、お楽しみ頂けましたら幸いです！

最後になりましたが、至らぬ作者に根気強く付き合ってくださる担当編集様、並びに校正作業に携わってくださった編集部の皆さま、大変お世話になりました！

そして、いつも大変素晴らしいイラストでこの物語を彩ってくださいました、イラストレーターの椋本夏夜様にも心よりの感謝を！

何より、この本作を手に取って頂きました読者の皆さまに感謝を捧げるとともに、またいつか、こういった形にてご挨拶ができることを心より願っております！

足高たかみ

好評発売中！
おおおおおおおおおおお
チートな鬼っ娘が
ンスターを狩りまくる！
冒険配信ファンタジー！

TOブックス
打撃系
鬼っ娘が征く
配信道!
Haishindo
箱入蛇猫
ill. 片桐
コミカライズ
企画進行中!!
おおおおおお
リアル
モ
wwwwwwwwww

神童セフィリアの下剋上プログラムⅣ

2020年6月1日　第1刷発行

著　者　足高たかみ

発行者　本田武市

発行所　TOブックス
〒150-0045
東京都渋谷区神泉町18-8　松濤ハイツ2F
TEL 03-6452-5766(編集)
0120-933-772(営業フリーダイヤル)
FAX 050-3156-0508
ホームページ　http://www.tobooks.jp
メール　info@tobooks.jp

印刷・製本　中央精版印刷株式会社

ISBN978-4-86472-980-2

Printed in Japan